KB065620

신발을 벗고 들어오세요

신발을 벗고 들어오세요

미얀마 여행 에세이

초판 1쇄 발행 ㅣ 2019년 5월 31일

지은이 박원진
책임편집 박혜련
북디자인 최윤선
제작 공간

펴낸이 박혜련
펴낸곳 도서출판 오르골
등록 2016년 5월 4일(제2016-000131호)
주소 서울시 마포구 월드컵북로 400, 문화콘텐츠센터 5층 13호
전화 02-3153-1322
팩스 070-4129-1322
이메일 orgelbooks@naver.com
블로그 blog.naver.com/orgelbooks

Copyright ⓒ 박원진, 2019

ISBN 979-11-959372-5-7 03810

이 책의 내용을 재사용하려면 반드시 저작권자의 서면 동의를 받아야 합니다.
책값은 뒤표지에 있습니다.

이 도서의 국립중앙도서관 출판예정도서목록(CIP)은 서지정보유통지원시스템 홈페이지
(http://seoji.nl.go.kr)와 국가자료공동목록시스템(http://www.nl.go.kr/kolisnet)에서
이용하실 수 있습니다.(CIP제어번호: CIP2019017553)

신발을 벗고 들어오세요

미얀마 여행 에세이

박원진 글 · 사진

일러두기

* 맞춤법과 외래어 표기는 현행 '한글 맞춤법 규정'과 《표준국어대사전》(국립국어연구원)을 따랐다. 단 글의 흐름상 필요한 경우, 관용적 표기나 일부 구어체는 그대로 살렸다(찌질하다, 꼬옥 등).
* 책·정기 간행물은 《 》로, 시·영화 제목은 〈 〉로 표기했다.
* 미얀마 지명의 경우 이해를 돕고자 영어를 병기하되, 한글 표기는 현지인들의 발음에 가까운 쪽을 따랐다(띠보[Hsipaw] 등).
* 본문에 나오는 등장인물의 이름은 일부 가명을 사용했다.

"그럴 수도 있지." 스스로에게 이 말을 하기는 쉽지 않다. 자신이 무척 좋아하던 일, 꿈이나 목표라 부르던 것에 실패한 뒤엔 더욱 그렇다. 나는 영화감독을 꿈꾸다가 포기한 뒤, 한동안 그것을 내 인생의 오점이라 여겼다. 그 시기에 미얀마로 여행을 떠났고, 스스로를 실패한 영화인이라 칭하며 더 이상 나아갈 '앞'이 없음을 토로하는 글을 자주 적었다.

그러나 앞이 보이지 않던 일상과 다르게, 여행 중에는 늘 앞으로 나아갈 수 있었다. 따로 정해놓은 목적지는 없었다. 그저 앞에 보이는 길을 따라 걷고 사람들을 만나 사진 찍는 게 하루 일과였다. 이 책에 미얀마의 유명한 관광지보다 현지인들이 사는 평범한 마을이 더 많이 나오는 까닭도 이 때문이다.

미얀마인들과 말은 거의 통하지 않았다. 그 덕분에 말이 아닌, 다른 방식의 의사소통에 예민해졌다. 그들의 표정과 눈빛, 몸짓은 다

정했다. 특히 따뜻한 미소는 내게 큰 위로가 됐다. 그 순간을 사진으로 남기며 생각했다.

'나는 왜 이들처럼 웃을 수 없을까?'

이 질문을 시작으로 나의 얼굴, 나의 행복을 돌아보았다. 특히 '실패'라 단정 지은 과거를 다시 바라보며, 타인의 위로가 아닌 스스로 위로하는 방법을 찾아나갔다. 이 책에 실린 30통의 편지에는 그러한 변화 과정이 담겨 있다.

미얀마는 다른 동남아시아 국가에 비해 국내에는 아직 덜 알려진 여행지다. 누군가에게는 미지의 나라고, '버마'라는 이름이 더 친숙한 이도 있을 것이다. 미얀마의 아름다운 풍경, 순수한 사람들과 가까워지는 데 이 글과 사진이 조금이나마 도움이 되었으면 한다.

올해 초 1차 원고를 마치고 미얀마를 다시 여행할 기회가 있었다. 처음 미얀마에 갔을 때와는 사뭇 다른 느낌이 들었다. 지금의 나는 한 분야에 실패했다고 해서 인생 전체에서 실패한 것이 아님을 안다. 그러기에 이 책 속의 여정이, 힘들었던 시기를 돌아보며 찍는 마침표처럼 느껴진다.

불교 국가인 미얀마에서는 모든 사원에 들어갈 때 신발을 벗어야 한다. 사원 입구에 놓인 다양한 신발을 보며 주인을 추측하는 일은 여행의 작은 즐거움이었다. 신발을 벗을 때의 느낌도 좋았다. 새로운 것을 받아들이는 최소한의 예의이자, 내가 발 딛고 살아온 세상에서 살짝 벗어나는 행위처럼 느껴졌다. 이 책 안으로 들어오는 이들에게도 그런 기쁨이 전해지면 좋겠다.

'브런치(글쓰기 플랫폼)' 연재가 인연이 되어 출판까지 하는 행운을 얻었다. 도서출판 오르골에서 출판을 준비하며 거칠었던 원고는 한결 정돈됐다. 정말로 감사드린다. 원고를 쓰는 동안 도와준 이들이 있다. 연재할 때 항상 제일 먼저 읽고 피드백을 해준 지원, 힘들다고 투정 부릴 때마다 같이 있어 준 도현과 은석에게 고맙다. 또 이 책을 멋지게 디자인해 준 윤선, 좋은 책을 많이 선물해 준 은이 누나, 촬영 장비를 빌려주신 강인선 감독님, 같이 공부했던 선생님과 친구들에게도 감사하다. 늘 나아갈 앞이 있음을 알려주는 지선 씨, 만달레이에서 도움을 준 예림 씨와 미얀마에서 만난 모든 인연에게 고맙다.
끝으로, 사랑하는 가족들… 내가 무엇을 하든 믿고 기다려주시는 어머니와 누나; 무엇보다 마음이 아프신 아버지께 이 책이 위로가 됐으면 한다.

2019년 4월
박원진

차
례

프롤로그 ·005

첫 번째 편지   후아유· ·014

두 번째 편지   내가 듣고 싶은 말 · · · · · · · · · · · · · · ·018

세 번째 편지   무지 노트에 사는 사람들 · · · · · · · · · · · ·030

네 번째 편지   신발을 벗고 들어오세요 · · · · · · · · · · · ·035

다섯 번째 편지   난 이런 걸 좋아해 · · · · · · · · · · · · · · ·043

여섯 번째 편지   내가 그어놓은 금 · · · · · · · · · · · · · · · ·054

일곱 번째 편지   마음의 시차 · · · · · · · · · · · · · · · · · · ·065

여덟 번째 편지   기차에 뛰어드는 사람들 · · · · · · · · · · · ·072

아홉 번째 편지   그게 정말 가능해? · · · · · · · · · · · · · · ·078

열 번째 편지   심신일여 ·085

열한 번째 편지   커다란 우물 · · · · · · · · · · · · · · · · · · ·088

열두 번째 편지   앞이라 하는 것 앞에 · · · · · · · · · · · · · ·100

열세 번째 편지   컷! ·106

열네 번째 편지   스스로에게 해야 했던 말 · · · · · · · · · · · ·114

열다섯 번째 편지   살아 있는 불상 · · · · · · · · · · · · · · · · · ·120

열여섯 번째 편지   가방 속 가장 무거운 짐 · 127

열일곱 번째 편지   기억의 지층 · 135

열여덟 번째 편지   자연스러워지기까지 걸리는 시간 · · · · · · · · · · · · · · 142

열아홉 번째 편지   4천 분의 1 · 147

스무 번째 편지   브레멘 음악대 · 151

스물한 번째 편지   사진, 영화 그리고 나 · 159

스물두 번째 편지   새로운 이름은 · 170

스물세 번째 편지   세 가지 소원 · 174

스물네 번째 편지   내가 찍고 싶은 사람들처럼 · · · · · · · · · · · · · · · · · 179

스물다섯 번째 편지   행운과 불운 사이 · 186

스물여섯 번째 편지   한 걸음의 여백 · 195

스물일곱 번째 편지   39시간 기차 여행 · 204

스물여덟 번째 편지   초심자의 행운 · 210

스물아홉 번째 편지   시간이 느리게 흐르는 호수 · · · · · · · · · · · · · · · · · 218

서른 번째 편지   여기에, 앉아 · 224

에필로그   · 240

여행 루트   · 244

후아유

수영에게.

공항 의자는 왜 하나같이 딱딱한 걸까. 나는 지금 태국 돈므앙 공항에 있어. 이 안을 돌아다니며 의자란 의자는 다 앉아본 것 같은데 편한 자리가 없어. 그나마 지금 누워 있는 의자가 가장 나아서 자리를 잡은 게 벌써 8시간 전이야. 아무리 생각해도 너무 한심해. 분명 여러 번 확인하고 표를 끊었음에도, 환승하러 와보니 비행기표에 다른 날짜가 찍혀 있었고 덕분에 18시간 동안 돈므앙 공항에 머물게 됐어.

이 말도 안 되는 상황에서 웃기게도 친구가 생겼어. '류웨이'란 이름의 중국인인데 태국에서 유학 중이래. 귀엽게 생겼고 빨간 뿔테

안경을 썼어. 영어는 나보다 훨씬 못하는데(얼마나 못할지 짐작이 가지?) 말은 정말 많아. 한국 연예인에게 관심이 많아서 내가 모르는 연예인 이름까지 술술 외우더라. 류웨이가 다가와서 했던 첫마디가 뭔지 알아? 의자에 누워 있는 나를 내려다보더니 이러는 거야.

"Who are you?"

세상에, '후아유'라니. 이 말을 실제로 써본 적이 있니? 나는 중학교 이후론 들어본 적이 없어서 뭐라고 대답해야 할지 모르겠더라. 이름? 직업? 국적? 머뭇거리고 있으니까 류웨이가 되물었어.

"Do you speak English?"

영어 할 줄 아느냐고? 돌이켜보면 그때 영어를 못한다고 할 걸 그랬나 봐. 그는 정말로 말이 많아.

수영아. 너는 만약에 누군가 "후아유?"라고 묻는다면 뭐라고 대답할 거야? 나는 결국 이름과 국적을 말했거든. 그런데 마음속에선 또박또박한 발음으로 전혀 다른 대답이 올라오더라.

'실패한 영화인.'

소식을 들었는지 모르지만 나는 더 이상 영화 일을 하지 않아. 영화 일뿐만 아니라 그때 같이 일했던 사람들과도 만나지 않아. 아예 영화를 보지 않고 지낸 시간도 꽤 길어. 당연히 극장엔 가지 않았고. 요즘엔 가끔 영화를 보긴 하는데 예전처럼 영화에 대한 글을 쓰거나 '나도 저렇게 찍어야지' 같은 생각은 하지 않아. 그냥 보는 것뿐이야.

그때는 몰랐어. 이렇게 몇 년이 지나서 스스로를 '실패한 영화인'이라고 부르게 될 줄은. 처음엔 이 말이 너무 아팠는데 지금은 많이 익숙해졌어. 익숙해져도 아픈 건 똑같지만. 특히 조금 전처럼 갑자기 떠오를 때면 더더욱 그래. 이젠 겉으로 태연한 표정 정도는 지을 수 있어. 다만 이런 생각은 해. 도대체 언제까지 스스로를 이렇게 불러야 할까. 앞으로 나에게 다른 이름은 없는 걸까.

류웨이는 유명 연예인의 사진을 보여주며 끊임없이 말을 걸어오고 있어. 이 상황도 상황이지만 무엇보다 스스로에게 너무 화가 나. 만약 내가 아닌 누군가가 비행기표를 잘못 끊었다면 그 사람한테 엄청 화를 냈을 거야. 더 솔직히 말해, 나 자신이 '실패한 사람'이란 걸 또박또박한 발음으로 되새길 때 한없이 비참해져. 할 수 있다면 이 몸에서 벗어나 공항에 있는 누구든 그 사람으로 살고 싶어. 할 수 있다면 차라리 내 마음을 꺼내, 앞에서 떠드는 류웨이에게 보여주고 싶어. "난 이런 사람이야"라고 말하면서.
　여행 내내 너에게 편지를 쓸 테니 미리 얘기하는 게 좋을 것 같아. 나는 네가 기억하는 사람과 달라.

여행 내내 편지를 쓸 테니
미리 얘기하는 게 좋을 것 같아.
나는 네가 기억하는 사람과 달라.

내가 듣고 싶은 말

비행기가 뜨는 순간 잠이 들어서 착륙할 때까지 한 번도 깨지 않았어. 꿈을 꿨는데 꿈속에서도 똑같이 비행기를 타고 양곤(Yangon)으로 가고 있더라. 가는 내내 가슴이 답답하더니 갑자기 숨을 못 쉬겠는 거야. 숨이 막혀 헉헉거리자 스튜어디스가 와서 안쓰럽게 쳐다보며 비행기 창문을 열어줬어. 손바닥 두 개만 한 창문을 여니까 연한 파란색 하늘이 보였고, 바람이 참 부드러웠어. 심지어 바람에도 파란 색깔이 묻어 있었어. 그제야 다시 숨이 트이고 호흡도 원래대로 돌아오더라. 그렇게 한참 동안 바람을 맞다가 잠에서 깨니 비행기는 어느덧 양곤에 도착해 있었어.

수영아. 네가 미얀마에 가봤을 수도 있지만 일단 이 나라에 대해 모른다 생각하고 편지를 쓸게. 그리고 네가 좋아할 만한 사람이나 풍경을 만나면 사진도 찍어서 같이 부칠게.

너는 내가 수많은 나라 중에서 왜 미얀마에 왔는지 궁금할 거야. 그 얘기는 차차 적을게. 오늘은 우선 차이나타운 쪽에 숙소를 잡고 하루 종일 걸어다녔어. 목적지 없이 다녔음에도, 하루 동안 본 크고 작은 파고다만 다섯 개가 넘어. 여기는 인구의 90퍼센트가 불교 신자라고 해. 상상이 되니? 한 나라의 인구 대부분이 같은 종교를 가지고 있다니 정말 신기해. 그중 한 파고다에서 있었던 일을 얘기하고 싶어.

너도 알다시피 나는 종교가 없고, 종교에 대해 약간의 거부감도 있어. 그래서 불교 국가인 미얀마에 오기 전 거부감을 없애는 일부터 준비했어. 쉽게 쓰인 불교 서적을 읽고, 거의 매주 박물관에 가서 불교 관련 작품을 봤어. 다른 준비보다 종교에 집중한 이유는 인도 여행의 경험 때문이야. 힌두교에 대해 아무것도 모른 채 인도에 갔고, 결국 지금까지 인도는 내가 가장 이해할 수 없는 나라로 남아 있거든.

불교에 대해 약간의 지식이 생기고 나니 사원에 들어갈 때 신발을 벗는 행위가 다르게 와 닿더라. 종교에 대한 극진한 예의로 느껴졌어. 맨발로 성전을 딛는 느낌은 어떤 걸까. 신의 몸에 혹은 마음에 내

살결이 닿는 기분일까.

혹시 사진을 찍지 못하더라도, 그저 그곳을 걷고 보는 것만으로 만족하려고 했어. 모든 것이 신비스러웠거든. 그런데 파고다 입구에 도착해서 본 장면은 전혀 다른 의미의 신비와 충격이었어.

네 눈엔 이 사진이 어떻게 보여? 처음엔 테러가 일어난 줄 알았어. 저 사람들은 기절하거나 죽은 거라고. 정말로 그렇게 생각했어. 다른 사람들이 아무렇지 않게 지나가는 모습을 보고서야 자고 있다는 걸 알게 됐지. 내가 기대했던 '신성함'이 완전히 깨지는 순간이었어.

파고다 안은 더 충격적이었어. 자는 사람은 양반이고, 가족끼리 돗자리를 펴고 앉아 도시락을 먹더니 담배까지 피우더라. 구석에서는 남녀가 부둥켜안고 있고(그래도 신에 대한 예의 때문인지 우산으로 가렸어). 그 광경을 보니 이런 생각이 들었어.

'이럴 거면 신발은 왜 벗어?'

이런 식의 믿음이라면 90퍼센트란 수치가 놀랍지 않더라. 사실 종교를 갖는 게 어려운 일은 아니잖아. 돈이 많이 필요한 일도 아니고, 학벌이 있어야 하는 것도, 시험을 쳐야 하는 일도 아니지. 솔직히 이곳은 '성전'이란 말이 어울리지 않아 보였어. 오히려 '시장'이나 '놀이공원'이라면 모를까.

처음과는 다른 의미로 신기해서 거의 3시간 동안 파고다를 열 바퀴 정도 돌았어. 한참 걷다 보니 기이해 보였던 장면 사이로 경건하게 기도드리는 사람, 엄마의 기도가 끝날 때까지 얌전히 기다리는 아이, 몇 시간 동안 조금도 움직이지 않고 참선을 하는 스님이 보이더라. 그리고 멋진 할아버지를 만났어.

특히 쓰고 계신 모자는 내 모자와 바꾸고 싶을 만큼 멋졌어. 내가 처음에 할아버지를 사진 찍으려고 하자 카메라를 손으로 막으시는 거야. 실례했구나 싶어서 "죄송합니다"라고 하니까, 할아버지가 칠판을 가리키며 말씀하셨어. "이건 곧 지울 테니 새 걸 찍어." 그러고는 뒤에 있는 새 칠판을 꺼내 보여주셨어.

설명을 들어보니, 신도들이 소원을 빌고 기부하면 칠판에 이름을 적어주는 것 같았어. 칠판 속 글씨는 읽을 수 없었지만 빽빽하게 적힌 걸 보면서 사람들에겐 소원이 참 많구나 싶더라.

옆에서 오랫동안 구경하고 있으니 할아버지는 "너도 소원 하나 빌어"라고 하셨어. 그런데 무엇을 빌어야 할지 떠오르지 않더라. 그래

서 잠깐만 시간을 달라고 했어. 할아버지는 웃으며 "오케이, 오케이"라고 하셨고.

파고다를 몇 바퀴 더 돌면서 어떤 소원을 빌까 생각해 봤는데 모르겠더라. 떠오르는 건 많았지만 그게 정말 간절한지 묻는다면 내 대답은 "글쎄요"였어. 결국 소원이란 게 어떤 목표가 있을 때 생기는 거잖아. 하지만 목표 자체를 잊은 지 꽤 오래됐거든. 물론 돈도 많이 벌고 싶고, 더 좋은 카메라도 사고 싶고, 예쁘고 마음 통하는 여자친구도 만나고 싶지만, 다시 한 번 그게 간절한지 묻는다면 이렇게 대답했을 거야. "이뤄지면 좋고 아니면 말고."

몇 바퀴를 돌아 다시 할아버지 앞에 왔어. 이번에는 내가 여쭤봤지, 다른 사람들은 어떤 소원을 비느냐고. 둘 다 영어가 짧으니 대화가 잘 이뤄지진 않았지만 추측해 보면 대충 이런 소원이었어. 좋은 집, 아이를 낳고 싶다, 가족의 건강, 좋은 직장 등. 내가 고개를 끄덕

끄덕하자 할아버지는 다시 "너는?"이라고 물으셨어. 나는 없다고 대답했어. 할아버지는 웃으며 "괜찮아"라고 하셨고. 딱히 더 할 말이 없어서 고맙다고 인사한 뒤 파고다 밖으로 나왔어.

양곤 시내를 걸으며 사진을 몇 장 더 찍었어. 이 도시는 무척 뜨거워. 어느 곳이든 활기가 넘치고, 사람들 몸은 활짝 열려서 본래 신체보다 더 크게 보여. 왜 어떤 도시에 가면 축 처진 어깨에 초점 잃은 눈빛의 사람들로 가득한 곳이 있잖아. 그에 비해 양곤은 모두 가슴에 용 한 마리씩 품은 듯 활기찬 곳이야.

시장 상인의 큰 목소리, 고기를 자르는 정육점 주인의 팔뚝, 국수를 한 움큼 입에 넣는 아저씨, 어깨 위로 커다란 짐을 올린 사람들…. 그 틈을 지나면서 아이러니하게도 사람들이 낯설어 보이는 게 아니라 내가 낯설게 느껴졌어. 잠시나마 나도 저렇게 살고 싶다고 생각했지만 곧 '내가 저렇게 살 수 있을까?'라는 의문으로 바뀌더라. 또 몇 년 동안 아무것도 바라지 않고 살아왔다는 게 신기하기도 했어.

숙소 쪽으로 걷다 보니 강이 나왔고 마침 노을 질 시간이었어. 수십 척의 배 위에 그보다 더 많은 사람들이 올라타서 누군가는 양곤을 떠났고, 누군가는 양곤으로 돌아왔어. 강물에 하루가 다 담겨 있는 것 같더라. 저 많은 사람들의 시간이 모여 강물이 이뤄지고, 또 많은 기도가 모여 노을이 되는 게 아닐까. 그 순간 얼마나 강으로 뛰어

들고 싶었는지 몰라. 왠지 그러면 나도 분위기에 섞일 수 있을 것 같았거든. 하지만 차마 용기가 나질 않았어. 그래도 고마웠던 건 노을빛이 수많은 사람들과 더불어 나도 같이 비춰줬다는 거야.

수영아. 내게 소원이 없다는 말에 실망하지 않았으면 좋겠어. 내가 아무것도 원하지 않고 사는 건 아니야. 간절했던 걸 얻지 못한 뒤로 다시 새로운 무엇을 소망하는 게 두려워. 더는 두려운 일을 만들고 싶지 않아. 이게 현재를 가장 안전하게 사는 방법이라고 생각해. 내가 그어놓은 금 안에서 사는 것. 그런데 아까 본 노을은 이 금이 상관없다는 듯 비추더라.

수영아. 너도 아까 그 할아버지처럼 괜찮다고 말해 줬으면 좋겠어. 내가 오늘 노을을 보면서 계속 중얼거린 말도 "괜찮아"였으니까.

예쁘고 마음 통하는 여자 친구도 만나고 싶지만,
다시 한 번 그게 간절한지 묻는다면 이렇게 대답했을 거야.
이뤄지면 좋고 아니면 말고.

무지 노트에 사는 사람들

　　　　　　　　수영아. 나는 어젯밤 버스를 타고 만달레이 (Mandalay)로 넘어왔어. 이곳은 양곤과는 분위기가 확연히 달라. 양곤이 붉은 기운이 도는 활기찬 도시였다면 만달레이는 좀 더 차분한 느낌이야.

　도시 대부분이 원고지의 정사각형 칸처럼 명확하게 구획이 나뉘어 있고, 건물들은 그 칸 안에 쓰인 반듯한 글씨처럼 딱 맞춰 들어가 있어. 아시아 국가인데 이렇게 사각형 패턴의 도시가 있다는 건 서양의 식민 통치를 받았다는 뜻이기도 해. 동양인들은 이런 식으로 도시를 구성하지 않으니까. 어쩌면 이것은 사람의 편리와 자연 중 무엇을 우선순위에 두느냐 하는 문제일 거야. 이곳 숙소 근처에는 큰 마트와 백화점이 있어. 두 곳 모두 명품까진 아니어도 좋은 브랜드가 입점해 있고. 하지만 그곳에서 불과 몇백 미터 안으로 들어가면 원고지 대신 '무지(無地) 노트'에 쓰인 듯 다양한 필체의 사람과 집을 볼 수 있어.

오늘 하려는 얘기도 이 무지 노트에 사는 사람들에 관해서야. 그들에 관해 설명하려면 우선 노트를 가로지르는 기찻길부터 그려야 해. 그리고 그 기찻길 양옆에 각기 다른 모양의 집을 그려 넣으면 되겠지. 집 모양은 제각각이지만 대부분 대나무 짚을 엮어 만들었어. 시원하긴 해도 비가 오면 막막하겠지? 어떤 집은 옆으로 완전히 기울어져서 사람이 산다는 게 신기할 정도야. 또 어떤 집은 집 안 한가운데 큰 나무가 올라와 있기도 하고. 사람들은 이곳을 '무허가 주택지대' 또는 '기찻길 옆 사람들'이라 불러. 나는 '기찻길 옆 사람들'이라 부르는 걸 더 좋아해.

이 마을을 방문한 건 SNS를 통해 이곳 유치원 선생님을 알게 돼서야. 내가 아이들 사진을 찍고 싶다며 연락을 드렸더니 고맙게도 허락해 주셨어. 이 유치원은 한국의 기독교 단체에서 운영하는 곳이야. 찾아보니 만달레이뿐 아니라 미얀마 여러 곳에 한국 선교 단체가 들어와 있더라. 마침 날짜가 크리스마스와 겹쳐서 예수님 생일을 아이들과 함께 보내게 됐어.

인구의 90퍼센트가 불교도인 나라에 기독교 유치원이라니, 종교

얘기를 안 할 수가 없겠지. 과연 이런 식의 선교가 옳은 걸까. 이곳은 앞서 말한 대로 원고지에서 벗어난 곳이야. 그래서 주민 대부분이 가난해. 선교사들은 이런 곳에 한 손엔 '종교', 다른 손엔 '자본'을 들고 들어와. 만약 그들이 자본 없이 순수하게 종교 자체로 접근했다면 지금처럼 포교할 수 있었을까? 또 반대로 종교 없이 그저 자본을 내어줄 순 없는 걸까? 종교가 정말 순수하다면 그럴 수 있어야 한다고 생각해.

　물론 순기능도 있어. 하루 한 끼도 먹지 못하던 아이들이 유치원에 오면 매 끼니를 먹을 수 있고, 심지어 간식도 나와. 또 가정에서 받을 수 없던 양질의 교육도 받을 수 있어. 굶주린 이에게 먹을 것을 주고, 배움이 필요한 이에게 가르침을 주는 건 가치 있는 일이잖아. 예수님과 부처님이 하셨던 일이기도 하고.

사실 우리나라야말로 이런 식의 선교를 통해 기독교가 정착한 곳이지. 현재의 유명한 학교 중 선교사들이 세운 곳도 많고. 그로 인한 장점도 있지만 잃은 것도 있다고 생각해. 이를테면 기존의 종교에 대한 배타적인 태도라든가. 여행을 하다 보면 외국인들이 "한국의 원래 종교는 뭐야?"라고 물을 때가 있거든. 그때마다 마땅히 대답할 게 없어. 다수가 믿는 종교가 자리 잡으면서 원래 있던 것들은 무속이나 미신으로 밀려났으니까.

생각이 많을 때는 직접 몸으로 부딪치는 게 가장 좋은 방법이라 우선 유치원을 찾아갔어. 그런데 여기서도 신발을 벗어야 하더라. 아이들이 잔뜩 모인 곳이니 이곳이 성전일 수 있겠단 생각에 신발을 벗었어.

아이들이 잔뜩 모인 곳이니
이곳이 성전일 수 있겠단 생각에 신발을 벗었어.

신발을 벗고 들어오세요

수영아. 너도 알다시피 아이들은 마음에 벽이 없어. 그 말은 친해지기 쉽다는 뜻이기도 해. 조금만 관심을 기울이면 금방 와서 안기고, 오랫동안 알고 지낸 사이처럼 대하니까. 예쁜 사람을 보면 "빛이 난다"고 말하잖아, 나는 아이들을 볼 때 그걸 느껴. 어쩜 저렇게 빛이 날까, 어떻게 저런 빛깔을 가지고 있을까. 아이들이 빛나 보이는 이유는 여러 가지겠지만, 무엇보다 자신을 있는 그대로 보여주기 때문일 거야. 그러니까 벽이 없다는 건 아직 뭔가를 숨길 필요나 자신이 숨을 필요가 없다는 얘기겠지.

이 유치원 아이들 역시 순간순간의 감정을 있는 그대로 얼굴과 몸짓으로 보여줘. 행복하면 그 행복이 직접 눈에 보이고, 신나면 그 신

남이 온몸을 덮고, 심통 나면 그 심통이 가감 없이 드러나. 그런 까닭
인지 한번 울기 시작하면 잘 달래지지도 않더라. 게다가 왜 다른 아
이들까지 따라서 우는지! 한 공간에서 수십 명의 아이들이 우는 걸
몇십 분 동안 지켜보고 있자니, 유치원에 오기 전까지 하던 종교에
대한 고민이 우습게 느껴지더라. 종교가 어떻다고 따질 문제가 아니
라 일단 눈앞의 아이부터 달래야 할 문제였어.

　이곳엔 정말 다양한 아이들이 모여 있어. 나름 잘 꾸미고 사랑받
은 티가 나는 아이가 있는 반면, 어떤 아이는 오랫동안 씻지 못해서
온몸에 피부병이 번져 있기도 해. 부모에게 심한 학대를 받는 아이,

심지어 가족의 방관으로 며칠 동안 굶어서 이곳 선생님이 찾아가 먹인 아이도 있다고 해. 벽이 없는 만큼 그 상처를 온몸으로 받아야 했겠지.

우리나라에서 교육은 외국어를 배우거나 적성을 살리는 일 같은 거잖아. 그런데 이곳의 교육은 일단 끼니를 해결하는 것부터 시작해. 더 정확히 표현하면 '내가 밥을 먹을 만한 가치가 있는 사람'이란 걸 가르쳐야 하지. 우리에게는 너무 당연한 일이지만 여기선 그렇지 않을 수도 있다는 걸 알게 돼.

한편으로는 이 아이들을 찍는 게 어떤 의미일까 생각하게 돼. 모든 사정을 듣고 셔터를 누를 때, 눈앞의 아이들은 천사같이 예쁘지만 내가 사진으로 거짓말을 한다는 생각도 들어. 내 프레임을 벗어

난 곳엔 상처가 있고 그걸 다 담아내진 못하니까. 이건 내 문제기도 하고, 아이들이 그런 사정을 갖고 있으면서 너무 예쁜 탓이기도 해. 어쩌면 내가 일부러 피해서 찍고 있는지도 몰라. 카메라의 뷰파인더 안에도 내 나름의 벽을 세워놓은 건 아닐까.

이곳엔 나처럼 어색하게 웃는 아이도 있어. 벌써 벽을 쌓는 법을 알았다는 뜻이지. 도대체 어떤 사정이 있으면 저 어린 나이에 자신을 감추고 보호하는 법을 익힌 걸까. 대부분의 아이들이 울고 있을 때 그 아이는 울지 않았어. 지금은 울 상황이 아니란 걸 알고 있거나 울음 참는 법을 배운 거겠지. 말을 할 때도 조용히 얘기했고, 내게 다가와 매달리기보다 한두 걸음 떨어져서 쳐다만 봤어.

수영아. 내 상처는 실패 때문에 생긴 거고, 전적으로 내 잘못이야. 단 한 번도 누구를 탓한 적은 없어. 항상 나를 탓하지. 하지만 지금 저 아이는 그렇지 않잖아. 잘못한 일이 있다 해도 뭘 얼마나 잘못했겠어. 수많은 아이들 중 그 아이에게 계속 눈이 갔어. 무언가 해주고 싶었지만 마땅히 해줄 게 없더라.

크리스마스 행사가 시작되자 아이들은 옷을 갈아입고 얼굴에 오색 분장을 했어. 어떤 아이들은 부모님이 와서 사진도 찍어줬어. 혹시 그 아이도 부모님이 오나 지켜봤는데 계속 혼자더라. 그리고 연극이 시작됐어. 예수님이 태어나고 동방박사가 마구간으로 찾아오는 이야기였어. 연기를 잘하는 아이, 노래를 잘하는 아이, 또 전부 꽝

눈앞의 아이들은 천사같이 예쁘지만 내가 사진으로 거짓말을 한다는 생각도 들어.
내 프레임을 벗어난 곳엔 상처가 있고 그걸 다 담아내진 못하니까.

인 아이도 있었어. 아이들은 다양한 필체로 쓰인 글씨였고, 글씨들이 모여 하나의 문장이 되기도 했어. 예를 들어 아이들은 연극이 끝난 뒤 다 같이 이렇게 외쳤어.

"메리 크리스마스!"

나는 아이들의 목소리를 들으면서 예수님도 부처님도 이곳에 계시면 좋겠다 싶었어. 두 분 중 누가 됐건 기뻐하셨을 거야. 또 껴안고 위로해 주셨을 테고.

처음 이곳에 오면서 하던 종교에 대한 고민은 멀리서 지켜볼 때나 가능한 생각 놀음이었던 것 같아. '종교' 자체는 순수해. 이미 그 단어 안엔 사랑이 포함되어 있으니까. '자본'도 마찬가지로 돈 자체가 문제를 일으키진 않잖아. 결국 종교건 자본이건 그게 누구 손에 들려 있느냐가 중요한 것 같아. 이곳 선생님들을 보면서 '과연 나라면 저렇게 할 수 있을까?' 싶더라. 나는 이분들이 존경받아 마땅하다고 생각해.

행사가 끝난 다음 유치원에서는 준비한 도시락과 생필품을 나눠 줬어. 멀리서 지켜보니 '그 아이'도 받아 가더라. 나는 집으로 가는 아이를 불러서 초콜릿이랑 이것저것을 내밀었어. 아이는 처음엔 쭈뼛쭈뼛하더니 곧 받아 넣으며 어색하게 웃더라. 원래 그러려던 건 아닌데 나도 모르게 꼬옥 안아주며 말했어. "메리 크리스마스."

나야 잠깐 왔다 가는 사람이니까 이러는 게 오히려 안 좋을 수 있

지 않나 싶으면서도, 그 아이가 짧은 순간이나마 사랑받는 감정을
느끼면 좋겠다고 생각했어. 내 방식의 옳고 그름을 떠나서 말이야.
이곳에 들어올 때 신발을 벗은 건 잘한 일이라 생각해.

예수님도 부처님도 이곳에 계시면
두 분 중 누가 됐건 기뻐하셨을 거야.
껴안고 위로해 주셨을 테고.

난 이런 걸 좋아해

　　　　　　수영아. 너에게 편지를 쓸 땐 너무 많은 얘
기를 적는 것 같아 걱정이 되면서도 막상 다 쓰고 나면 여전히 하지
못한 말이 남아 있어. 지금도 잠에서 깨어 잠깐 일기를 쓴 뒤 너에게
편지를 써. 어떤 말은 일기장에 쓰는 것보다 편지로 적는 게 더 잘 써
지거든. 지금은 새벽이고 아직 5시가 안 됐어.

　돌이켜보면 영화는 나의 돈과 젊음, 그리고 젊음이 떠난 뒤의 시
간까지 빼앗아갔지만 그 와중에 남기고 간 것도 있어.

　첫 번째는 모든 걸 기록하는 습관이야. 독립영화판에서 내 첫 직
책은 '스크립터'였어. 사실 그 감독은 완전히 사기꾼이었는데, 그땐
아무것도 모르니까 스태프가 된다는 사실만으로 기뻤어. 내가 했던

일은 촬영 날의 날씨부터 시작해서 각 신(scene)의 카메라 앵글, 배우의 동선, 의상 등을 체크하는 것이었어. 지금 생각해 봐도 꼼꼼하게 잘했던 것 같아. 좋아하기도 했고. 나에겐 스크립트 노트 말고 다른 노트가 하나 더 있었어. 그것에는 훨씬 개인적인 얘기를 기록했어. 촬영 날 있었던 사사로운 사건들과 오늘은 감독이 어떤 '곤조'를 부렸는지, 스태프들 간의 보이지 않는 기싸움과 그 틈을 비집고 피어나는 연애 기류까지.

이 습관은 지금까지 이어지고 있어. 여행할 때도 한 도시의 인상부터 시작해서 그날 본 비둘기의 생김새까지 모든 걸 글로 남겨놔. 어떤 날은 도시의 흙 색깔과 촉감을 적기도 해. 사람은 더 자세하게 적고. 잠깐 스치더라도 특별한 인상을 준다면 짧게라도 기록해.

예를 들면 이런 식이야. 시장에서 고기를 손질하던 상인의 눈빛과 팔 근육(왼손잡이인 그의 팔은 막 용광로에서 꺼낸 고철같이 붉고 단단했어), 옆방에서 잠꼬대하는 여행자의 특이한 목소리(마치 외계인과 교신하는 것 같았어. 다음날 그를 만나보니 일본인이었는데 원래 목소리는 평범해서 더 놀랐지), 그리고 사원 구석에서 몰래 취침 중인 스님의 자세와 관련해서도(나는 요가가 저렇게 좁은 곳에서 몰래 자다가 생겨났을지도 모른다고 생각해).

두 번째는 카메라를 통한 기록이야. 독립영화 일을 할 때 수입이 거의 없어서 광고나 홍보 영상 쪽 연출부 일도 했어. 여러 프로덕션을 전전했고, 그중 한 곳에서 자주 일을 받았는데 촬영감독이 몹시

찍지 못한 건 글로 적고, 적지 못한 건 사진으로 남겨.
두 가지를 같이할 때도 있어.

게을렀어. 심지어 자기가 피곤한 날이면 나한테 찍는 법을 대충 알려주곤 차에 가서 잠을 자는 거야. 지금 생각하면 어이없지만 그 감독 덕분에 촬영이란 걸 배우게 됐어. 1년 정도 지나 그는 회사에서 쫓겨났고 내가 그 자리에 들어갔어. 그가 받던 액수보다는 적었으나 연출부 아르바이트에 비하면 훨씬 큰돈이었지. 조금씩 돈이 모이자 내 카메라를 사게 됐고. 그땐 영화를 찍기 위해 샀지만 지금은 그 카메라로 사진을 찍어.

이렇게 두 가지 방식으로 내가 본 것들을 기록해. 찍지 못한 건 글로 적고, 적지 못한 건 사진으로 남겨. 두 가지를 같이할 때도 있어. 이 얘기를 하는 이유는 오늘도 악몽을 꿨기 때문이야. 미얀마에 온 뒤로 자주 같은 꿈을 꿔. 대부분 소리를 지르거나 울다가 잠에서 깨곤 해. 서울에 있을 땐 이런 적이 거의 없었어. 처음엔 혼자 낯선 곳을 여행하니 두려운 마음에 그러나 보다 하고 넘겼는데, 양곤에서 꾸던 꿈을 만달레이에 와서도 꾸니까 이젠 좀 이상해.

이 악몽은 늘 극장에서 시작해. 나는 좌석에 앉아 영화를 보고 있고 스크린 속 영화는 매번 바뀌어. 사실 상영되는 영화는 중요하지 않아. 극장에 앉아 있는 사람들이 중요하지. 보통 내 앞좌석 사람이 가장 먼저 나를 쳐다봐. 한번 쳐다보기 시작하면 나에게서 눈을 떼지 않아. 그 시선을 피해 고개를 돌리면 옆 사람 역시 나를 쳐다보고 있어. 어찌할 바를 모르다가 뒤를 돌아보면 뒷좌석 사람들이 모두 나를 보고 있는 거야. 그렇게 극장 안의 수많은 사람들이 영화 대신 나를 쳐다봐.

소리를 지를 수 있을 땐 바로 꿈에서 깨는데, 그러지 못하면 나는 아이처럼 울기 시작해. 정말로 아이처럼 울어. 그나마 다행인 건 누구도 자리를 벗어나 다가오진 않는다는 거야. 나는 극장 의자가 작은 요람이라도 되는 것처럼 그 안에 몸을 웅크린 채 어서 영화가 끝나 불이 켜지기만 기다려. 그러다가 잠에서 깨. 몇 년 전에도 같은 악몽을 꾼 시기가 있어. 꽤 오래전 일인데 이상하게 여행을 온 뒤 또다시 시작됐어.

혼자 있는 시간이 많아지다 보니 옛날 기억이 떠오른 걸까. 수영아. 혹시나 해서 말하지만 나는 영화 일을 다시 시작하고 싶은 마음은 없어. 그렇다면 도대체 왜 이런 꿈을 꾸는 걸까. 뭘 두려워하는 걸까. 일어나자마자 일기장에 내가 두려워하는 걸 쭉 적어봤어. 굳이 옮겨 적진 않을게. 두려운 게 이리 많아서 앞으로 어찌 살까 싶더라. 기분이 찜찜해서 이번엔 반대로 내가 좋아하는 걸 적어봤어. 그렇게 나온 게 글을 쓰는 일과 사진을 찍는 일이었어. 그리고 그 순간 너에게 편지를 쓰고 싶었고. 그냥 일기장이 아닌 누군가에게 얘기하고 싶었어. 내가 아직 좋아하는 게 있다고 말이야.

나는 매일 해가 뜨고 지는 풍경을 사진 찍는 게 좋아. 길가에 누워 있는 고양이, 골목의 아이들, 열심히 사는 사람들을 글로 쓰고 사진 찍는 걸 좋아해. 파란 하늘을 좋아하는 만큼 비가 오는 하늘도 좋아해. 잎이 풍성한 나무와 겨울에 잎이 해진 나무 역시 같은 마음의 크기로 좋아하고. 나무 아래서 편안하게 쉬는 것도 좋아해.

수영아. 이런 건 굳이 잘할 필요가 없는 일이잖아. 나는 좋아하는 일을 더 이상 두려운 일로 만들고 싶지 않아. 가장 좋아한 장소와 사람들이 무서운 모습으로 꿈에 나타나는 걸 원치 않아. 악몽을 꿀 때면 늘 누군가에게 사과해야 할 것 같은 기분이 들어. 그 대상이 같이 일한 사람들인지, 영화인지, 아니면 나인지 잘 모르겠어. 과연 사과가 가능한 일인지도 의심이 들고. 그래서 지금 내 앞에 있는, 내가 좋아한다고 말할 수 있는 건 지키고 싶어. 이게 내 직업이 되지 못하더라도 좋아하는 일로 계속 남았으면 좋겠어.

여섯 번째 편지

내가 그어놓은 금

어제 편지에서 얘기한, 특이하게 잠꼬대한다는 일본인이 조금 전 내 방을 다녀갔어. 나는 하루 일정을 마치고 숙소로 돌아온 상태였고.

이 얘기를 하려면 아침에 있었던 일부터 시작해야 돼. 오늘 아침에도 그를 잠깐 만났거든. 같이 담배를 피우며 이런저런 얘기를 나누는데 사람이 무척 유쾌한 거야. 그래서 나도 모르게 왜 밤에 이상한 소리를 냈는지 물어봤어. 그는 웃으면서 "너도 밤에 소리 질렀잖아!" 하더라고. 한참 웃다가 내가 말했어.

"사실 여긴 호텔이 아니라 정신병원이고, 우리 둘만 호텔로 착각하고 있는 거야."

그랬더니 그가 맞장구쳤어.

"그럼 난 평생 입원할래. 매일 여행할 수 있는 거잖아."

아침에 본 그는 세상 걱정 없이 밝은 사람이었고 웃는 상에 동그란 안경테가 잘 어울렸어. 내게 만달레이에서 가볼 만한 곳을 여러 군데 소개해 주었고, 담배를 피운 다음엔 사탕도 줬어. 하지만 딱 그 정도까지의 거리였어. 본인의 가장 좋은 모습만 보여주고, 유쾌하게 이야기 나눈 뒤 헤어지는. 여행을 하면 이렇게 스치는 사람이 참 많아. 그게 여행 친구의 장점이기도 하지만 어떨 땐 그 밝은 모습 때문에 더 거리감이 느껴지기도 해.

오늘 일정은 '기찻길 옆 사람들'을 다시 방문하는 거였어. 크리스마스에 다녀온 이후 계속 생각났거든. 좀 더 자세히 보고 싶었어. 그들이 어떻게 사는지, 밥은 어떻게 해 먹는지, 전기가 들어오지 않는 밤엔 어떻게 생활하는지. 그들은 나와 전혀 다른 방식으로 사는 것처럼 보였어. 그 '다름'이 두려우면서 또 한편으론 호기심이 생겼어.

유치원 선생님들 중 한 분이 기찻길에 사신다는 얘길 듣고 그 집을 방문하게 됐어. 길 안내는 선생님의 동생들이 해줬어. 둘 다 초등학생이야. 우리는 말은 통하지 않아도 의사소통은 가능했어. 예를 들면 이렇게. 기찻길까지 가면서 여러 개의 우물을 지났는데 그 우물마다 사람들이 목욕을 하고 있는 거야. 오후 1시에 목욕을 한다는 게 신기했지. 그래서 내가 손목시계와 목욕하는 사람을 번갈아 가리키며 "왜?"라는 제스처를 취하자, 두 동생 중 큰 아이는 나처럼 목욕하는 사람과 태양을 번갈아 가리킨 다음 자기 몸을 꼭 안는 시늉을 했어. 그제야 깨달았지. 뜨거운 물이 나오지 않으니 햇볕이 가장 따뜻한 시간에 목욕을 하는 거였어.

선생님 집엔 할머니와 할아버지만 계셨어. 대문을 열고 들어섰을 때 첫인상은 '아, 어둡다'였어. 전기가 들어오지 않으니 당연한 일이지만 나는 그 어둠이 조금 무서워서 바로 집 안으로 들어가지 못했어. 그때 할머니가 따뜻한 차를 한 잔 내오셨고, 나는 차를 마시며 잠시 문 앞에 서 있었어. 눈이 서서히 어둠에 적응이 되자 마음도 한결 편해져서 집 안으로 들어갔어.

거실엔 커다란 발전기가 있었어. 그 발전기를 돌려서 필요할 때만 전기를 쓴다고 해. 나머지 방에서는 손으로 롤러를 돌려 충전하는 LED 랜턴을 썼어. 방 안은 거실보다 더 깜깜해서 안이 거의 보이지 않았어. LED 랜턴을 켜자, 벽에 붙어 있는 가족사진과 아이들이 받은 상장, 부모님으로 보이는 사진이 차례차례 눈에 들어왔어. 랜턴은 그라 밝지 않아서 눈앞에 있는 것만 겨우 보여줄 정도였고 금방 꺼지곤 했어. 다시 어두워지면 아이는 달달거리는 롤러를 열심히 돌려 불을 밝혔어. 그 모습이 얼마나 귀여웠는지 몰라.

나는 그 순간 '극장'을 떠올렸어. 그런 상황에서 영화를 생각한다

는 게 웃기지만 꿈속에서처럼 기분 나빠진 않았어. 오히려 그 방이 참 편안하게 느껴져서 아이와 함께 잠시 앉아 있었어. 아이는 불빛이 약해지면 다시 롤러를 돌렸고, 그때마다 방안의 이불, 라디오, 책 등 사소한 물건들이 특별한 장면처럼 등장했어. 나는 아이에게 "너 영사기사 같아"라고 말했으나 알아듣지 못했어.

아이를 따라 부엌도 가보고 화장실도 구경했어. 그리고 다시 거실로 돌아오니 아까는 어두워서 보이지 않던 큰 나무가 보이더라. 나는 아이에게 "왜 이 나무를 베지 않았어?"라고 몸으로 표현했지만 역시 알아듣지 못했어. 아마 그 나무를 벨 생각을 한 번도 해보지 않은 것 같아. 나무 몸통의 작은 제단 위에 신선한 음식이 올려져 있었어. 내가 제단을 가리키자 아이는 눈을 반쯤 감고 기도하는 시늉을 했어. 아이의 소원이 궁금했지만 물어보는 대신 아이와 똑같이 기도하는 자세를 취했어.

집을 나오니 세상은 다시 환해졌고 그 느낌은 정말로 영화를 본 뒤 극장을 나올 때와 비슷했어. 나도 꿈에서 깬 뒤 이런 느낌이면 좋겠다고 잠시 생각했지. 바로 돌아오는 게 아쉬워서 기찻길을 따라 조금 더 걸었어. 점심시간이라 밥 먹는 사람이 많았고, 낮잠을 자거나 마작 비슷한 게임을 하는 이들도 있었어. 나는 그 사람들을 다 찍고 싶었지만 용기가 나지 않아 지나치며 구경만 했어. 그런데 한 아저씨가 다가오더니 점심을 같이 먹자는 거야.

배가 고팠으나 거절했어. 생각해 봐. 여긴 만달레이에서 가장 가난한 이들이 모여 사는 마을인데 어떻게 밥을 달라 할 수 있겠어. 다시 얼마쯤 걷자 또 다른 사람이 다가와 인사를 하더니 같이 밥을 먹자고 했어. 솔직히 나는 '밥에 뭘 탄 게 아닐까'라고도 생각했어. 하지만 너도 이들의 표정을 봤다면 잠시나마 의심했다는 게 미안해질 거야. 어떤 사람은 내게 팔짱을 끼기도 했고, 커다란 보온병을 들고 와 차를 따라주기도 했어. 이런 호의가 고마우면서도 '도대체 왜?'라

는 생각을 떨칠 수 없었어. 처음 보는 외국인에 대한 호기심인 걸까, 아니면 음식을 나눠 먹는 문화가 있는 걸까. 그렇게 몇 번을 거절한 뒤 마침내 한 집에 가서 밥을 먹었어.

점심을 먹은 집은 앞에 들렀던 선생님 집보다 더 작고 부엌도 외부에 있었어. 당연히 밥도 밖에서 먹었어. 다섯 식구가 밥공기와 수저 하나씩을 들고 집 앞에 둘러앉아 있는 모습은 정말 재밌었어. 거기에 내가 껴서 여섯이 됐고, 잠시 뒤 고양이 한 마리가 와서 일곱이 됐지. 우리는 다 똑같이 볶음밥을 먹었어.

밥을 먹으며 생각해 봤어. 만약 내가 이 집의 주인이었다면, 그리

나를 멀지도 가깝지도 않게 대했어. 매일 보는 식구처럼,
밥시간이 되면 찾아오는 고양이처럼 말이야.

고 나 같은 여행자가 이 길을 지나갔다면 초대해서 같이 점심을 먹었을까? 아마 그러지 못했을 거야. 첫 번째 이유는 가난한 모습을 보이기 싫어서고, 두 번째는 내가 먹을 밥도 부족하니까. 딸린 식구가 다섯이나 되는데 지나가는 여행자에게 눈이 가진 않았을 것 같아. 고양이야 너무 예쁜 생명체니 달라면 줘야겠지만.

그리고 그 순간에 느꼈어.

'아, 이 사람들은 나를 구분하지 않는구나.'

나는 이미 이곳에 올 때부터 정확한 선을 그어놓았어. 이들은 '가난한 사람들'이고 나는 '구경하는 여행자'였지. 단어를 바꿔 관찰자, 사진작가, 직접 체험하는 사람이라 부를 수도 있어. 하지만 뭐가 됐건 나는 이들과 다르다는 구분선이 있었어. 그리고 그 다름만큼 거리감이 생겼고.

반면에 이들은 자신들과 나를 구분 짓지 않는 듯 보였어. 나를 멀지도 가깝지도 않게 대했어. 매일 보는 식구처럼, 밥시간이 되면 찾아오는 고양이처럼 말이야. 내가 그어놓은 선을 불쑥 넘어올 땐 좀 놀라기도 했지만(어떤 아이는 한참 동안 내 무릎 위에 앉아 놀았고, 자기가 먹던 숟가락으로 아이스크림을 떠서 내 입에 넣어주기도 했어) 싫지 않았어. 내 밥그릇이 이들의 것과 똑같다는 게, 나도 땅바닥에 앉았다는 게 오히려 편안했어. 이들과 같이 차를 마시고, 담배를 피우고, 사진을 찍으면서 이들이 스스로를 가난하다고 여기지 않는 걸 느꼈어.

다시 일본인 이야기를 해볼게. 그는 내 방에 찾아와서는 오늘 어디에 갔고, 무엇을 봤고, 뭐가 맛있었다 같은 얘기를 늘어놨어. 아침에 느꼈던 딱 그 정도의 거리감이었지. 나 역시 기찻길 옆에 있는 집을 구경하고 같이 밥 먹은 얘기를 해줬어. 한참 얘기를 나눈 뒤 우리는 말이 끊겼고 잠시 침묵이 흘렀어. 기찻길 옆 사람들과는 말이 거의 통하지 않아도 편안했지만 이 침묵은 불편했어. 아마 내가 그어놓은 선과 그가 그어놓은 선이 만났기 때문일 거야. 나는 불편한 상황을 피하고 싶어서 먼저 말을 꺼냈어.

"아, 피곤하네."

그러자 그가 일어나려는 듯 몸을 움직이며 말했어.

"난 내일 일본으로 돌아가. 그런데 정말로 가기 싫어."

"나도 여행 끝날 때가 되면 너랑 비슷한 느낌을 받을 것 같아."

"여기서 혼자인 느낌과 일본에서 혼자인 느낌은 정말 달라. 너도 그래?"

그의 질문에 나는 이렇게 대답했어.

"잘은 모르겠지만 한국에선 악몽을 잘 안 꾸는데 여기 와선 거의 매일 꿔. 이게 좋은 건지 나쁜 건지 모르겠어."

"나도 그래. 여기에 있으니 일본에서보다 스스로에게 더 솔직해지는 것 같아. 그래서 그런 꿈도 꾸는 거고. 어쩌면 우리가 악몽을 꾸는 건 좋은 징조일지도 몰라. 여기 좀 봐달라고, 마음이 말하는 게 아닐까?"

이어서 그는 자신이 이혼한 얘기를 들려줬어. 나는 중간중간 "그래", "슬펐겠다", "힘들었겠다" 같은 말을 했고. 사실 내가 누구를 위로할 깜냥이 되나 싶었지만 진심으로 그의 얘기를 들어줬어. 뭔가에 실패했다는 게, 돌이킬 수 없다는 게 내 얘기 같았거든.

이야기가 끝나고 아까처럼 잠시 침묵이 흘렀어. 그러나 이번 침묵은 전보다 훨씬 편안했어. 내가 "잘 자"라고 인사하자 그는 주머니에서 일본 차 티백을 꺼내 건넸어.

"자기 전에 마셔봐. 난 잠이 잘 오더라고."

잠시 뒤 옆방에선 그가 침대에 눕는 소리가 들렸고, 나는 멍하니 손에 들린 티백을 바라봤어.

나는 그 일본인이 용기 있는 사람이라고 생각해. 아직은 그처럼 내 이야기를 할 용기가 없어. 하지만 사진은 찍어줄 수 있겠다 싶더라. 내일 아침에는 내가 먼저 그를 찾아가보려고 해. 사진을 찍어주며 그의 웃는 얼굴이 얼마나 보기 좋은지 얘기해 주고 싶어.

마음의 시차

수영아. 왜 아침에 몸을 일으킬 때 내 몸이 이렇게 무거웠나 싶은 날 있잖아. 오늘이 딱 그랬어. 무거운 몸을 열댓 번은 뒤척인 다음에야 겨우 일어나 씻었고. 또 옷은 몇 벌 가져오지도 않았는데, 입는 것마다 왜 모두 이상해 보이는지. 마지막으로 카메라를 메는데 원래 내가 쓰던 카메라가 맞나 싶게 무거운 거야. 오늘은 그냥 스마트폰으로 찍을까, 아예 사진도 찍지 말까 별별 생각을 하다가 그래도 좋은 장면을 만나면 어쩌나 싶어서 들고 나왔어.

게다가 오늘은 뭔가 한 박자씩 늦는 날이야. 아침에 옆방 일본인을 찾아갔는데 이미 떠나고 없었어. 그의 사진을 찍지 못하고 혼자

오늘은 뭔가 한 박자씩
늦는 날이야.

아침을 먹었어. 그리고 띠보(Hsipaw)로 가는 기차표를 사러 역에 갔는데 내일 표는 이미 매진됐더라고. 역에 앉아서 모레 표를 살까 아예 다른 도시로 갈까 고민하다가, 결국 아무 표도 사지 않고 나와서 계속 걸어다녔어. 원래 쉬기로 마음먹은 날이라 바쁠 게 없었고, 어디를 꼭 가야 하는 것도 아니었어. 그런데 왠지 모르게 불안해서 계속 불평을 쏟아냈어. 어느덧 온몸이 불평불만으로 가득 차서 터질 것 같더라.

사실 서울에 있을 때도 이런 기분이 드는 날이 많았어. 이럴 땐 잠시 멈추고 내 안의 시간을 다시 맞춰야 해. 가장 좋아하는 방법은 커피를 내리는 거야. 주전자의 물이 끓는 동안 원두를 갈아. 물 끓는 소리가 들리면 불을 끈 다음, 온도가 조금 내려갈 때까지 주전자 뚜껑을 열고 기다려. 한 3분 정도인데 나는 이때가 가장 좋아. 팔팔 끓던 물이 서서히 식는 걸 지켜보면 내 안의 바쁜 마음도 가라앉는 느낌이 들거든. 드립용 온도계를 사면 이 과정이 필요 없지만, 그냥 몇 분간 멍하니 있는 게 좋아서 이 방식으로 온도를 맞춰. 물 온도가 어느 정도 내려가면 드립을 시작해. 원래는 물이었다가 원두를 거치며 커피로 변하는 걸 보며, 내 시간도 필터를 거쳐 새롭게 시작되는 느낌이 들어.

하지만 이곳 미얀마에는 원두도 없고 그라인더도 없어. 게다가 예전에 우리나라가 그랬던 것처럼 '믹스커피'를 커피라고 부르더라.

여행 온 뒤 한 번도 '제대로 된' 커피를 마시지 못했어.

시간을 맞추는 또 다른 방법은 미용실에 가는 거야. 미용실 소파에 앉아 다른 사람들 머리 다듬는 걸 구경하며 누구네 딸은 공무원이 됐다더라, 누구네 아들은 고3인데 집을 나갔다더라 같은, 귀담아듣지 않아도 되는 이야기를 귀에 담아. 사람이 바뀔 때마다 그 사람을 닮은 머리카락이 바닥에 쌓이는 것을 보고, 또 빗자루질 몇 번에 그 많던 머리카락이 사라지는 것도 지켜봐. 그리고 내 차례가 되면 자리에 앉아서 미용실 누나의 잔소리를 들어. 결혼은 안 하냐, 이제 돈은 좀 버냐, 지금 사는 곳은 월세가 얼마냐 같은 이야기를 한참 듣다 보면, 거울 속 나는 아주 조금이지만 달라져 있어. 그 모습이 나에겐 새로운 시작점처럼 느껴지기도 해.

그래서 이 동네에서도 물어물어 이발소를 찾아갔는데, 입구에 걸려 있는 사진을 보니 도저히 들어갈 용기가 안 나더라. 안쪽을 살짝 엿보니 지저분한 건 둘째 치고 부엌에서 쓸 법한 가위로 머리카락을 자르고 있는 거야. 새로운 걸 시도하는 게 여행의 묘미지만, 오늘은 옷도 별로인데 머리까지 망치면 큰일이다 싶어서 포기했어.

정말로 되는 일이 하나도 없는 것 같더라. 미용실 앞 도로에 걸터앉아 혼자 투덜거렸어.

"오늘 내가 아주 구린 거 잘 알아. 옷도 별로고, 일본인은 인사도 없이 떠나버렸고, 기차표도 못 샀고, 기껏 찾아온 이발소는 부엌 가

위로 머리카락을 자르고! 이 무거운 카메라도 왜 들고 나왔는지 모르겠어. 전부 다 별로야."

할 말이 떨어질 때까지 떠들고 나니 마음이 조금 나아지더라. 생각해 보면 여긴 서울도 아니고, 미얀마에 일하러 온 것도 아니잖아. 누가 사진을 찍으라고 강요하지도 않았고, 내일 띠보로 못 간다 한들 여행에 큰 지장이 생기는 것도 아니니까. 그냥 타이밍이 안 맞았을 뿐이야. 지금 내가 할 수 있는 일은 새로운 타이밍이 올 때까지 기다리는 거고.

나는 자리에서 일어나 아주 천천히 걸었어. 의식할 수 있을 만큼 천천히. 걷다 보니 재래시장이 나왔어. 시장을 둘러보고는 그다음 골목, 또 그다음 골목으로 걸었어. 그러다가 비가 와서 바로 눈앞의 식당에 들어가 비를 피했고. 볶음밥을 먹은 다음 믹스커피를 주문해 마셨어. 덕분에 비 오는 날과 믹스커피의 궁합이 생각보다 괜찮다는 걸 알게 됐지. 비가 그칠 때까지 식당에 있다가 '우베인 다리'로 노을을 보러 갔어. 노을은 비 온 뒤가 가장 예쁘거든.

다리에 앉아 해가 강물 뒤로 완전히 잠길 때까지 노을을 구경했어. 태양이 강 쪽으로 내려올 때마다 하늘 색이 변했는데 크게 변한 경우만 세어봐도 일곱 번이고, 나는 여섯 번째 색깔이 가장 좋았어. 날이 완전히 캄캄해졌을 때 내 마음은 아침보다 한결 편안했어. 늘 쫓거나 쫓기던 마음이 온전히 내 안에 있는 느낌이랄까. 왜 비행기를 타고 다른 나라에 도착하면 제일 먼저 손목시계의 시간부터 맞추잖아. 그때 느낌이랑 비슷했어.

내 마음 안에서 어떤 나는 한참 뒤처져 있고, 또 어떤 나는 저 멀리 이미 실패한 꿈에 매달려 있어. 내가 사는 '현재'는 그 사이 어디쯤 있고. '서울의 나', '영화감독을 꿈꾸던 나', '꿈이 없는 30대의 나'는 모두 같은 사람이야. 하지만 지금 나는 미얀마를 여행 중이고, 이것은 여태껏 보지 못했던 나야. 서울이었다면 오늘처럼 천천히 걸어다닐 수 있었을까? 이렇게 오래 노을을 바라볼 여유가 있었을까?

노을을 보며 앉아 있는다고 뭐가 달라질 것 같진 않지만, 그래도 나와 내 마음이 같은 시간 속을 살고 있는 느낌이 들어. 아주 잠깐이라도 말이야.

기차에 뛰어드는 사람들

지금 이곳은 띠보야. 여행을 하다 보면 도시마다 에너지가 다르다는 걸 느껴. 에너지란 표현을 다른 말로 바꿔도 상관없어. 그 마을의 분위기, 첫인상, 지역색, 심지어 어떤 냄새라고 해도 좋아. 나는 국경을 넘거나 도시와 도시를 이동할 때 약간 흥분이 돼. 지도에서 그림으로만 보던 경계를 내 몸으로 직접 부딪는 느낌이랄까. 어떤 기준으로 그 자리에 금이 그어졌고 사람들의 말씨가, 체구가, 표정이 바뀌는지 늘 신기해.

우리나라만 봐도 그래. 막상 사는 사람들은 땅덩어리가 너무 작다고 하지만, 그 작은 땅 안에서 지역마다 사투리가 있고, 음식의 맛이 다르고, 사람들이 사는 방식도 다르잖아. '귤화위지(橘化爲枳)'라는 고사—남쪽의 귤을 북쪽에 옮겨 심으면 탱자가 된다는—처럼, 이런 생각의 끝엔 결국 자연이 있어. 그래서 나는 새로운 곳에 도착하면 사람들의 얼굴에서, 또 도시 분위기에서 이 지역의 '귤'은 어떤 모습인지 살펴보게 돼.

띠보는 미얀마 북동부의 샨 주(Shan State)에 속해 있는 작은 마을이야. 북쪽은 거의 고산지대라서 남쪽보다 날씨가 선선해. 내 방에는 에어컨이 있지만 한 번도 켠 적이 없어. 산이 많으니 당연히 자연 경관도 좋아.

오늘 오후 이곳에 도착해서 2시간 정도 마을을 산책했는데 무척 편안했어. 어린 시절 하굣길을 다시 걷는 느낌이랄까. 사람들도 그렇지만 지역 자체가 다정하게 느껴져. 어떤 가이드북에서는 띠보를 '오지'라 표현하던데(나도 그 문구를 보고 오긴 했지만) 반은 맞고 반은 틀려. 우선 오지라고 부르기에는 접근성이 너무 좋아. 만달레이에서 기차 한 번이면 반나절 만에 도착할 수 있거든. 마을 인구의 반을 관광객으로 채울 만큼 여행자로 북적이는 곳이야.

만달레이에서 띠보로 올 때 '곡테일 다리'도 볼 만했지만, 더 흥미로웠던 광경은 기차가 띠보에 도착하기 10여 분 전부터였어. 그 시간이 되자 원래 느린 기차가 더 느려지더니 창밖으로 기차 속도에 맞춰 달리는 사람들이 보였어. 처음엔 한두 명이었다가 곧 10여 명으로 늘어나고 급기야 달리는 기차에 올라탔어. 나는 너무 놀라서

사진도 제대로 찍지 못했어.

무임승차한 사람들인 줄 알았는데, 하는 행동을 보니 대부분 게스트하우스와 툭툭이 호객꾼들이었어. 분홍색 털모자를 쓴 호객꾼 한 명이 내게 다가와 친절하게 팸플릿을 건넸어. 그 호객꾼은 키는 작지만 덩치가 좋아 보였어. 팸플릿에는 게스트하우스 이름 아래로 핫샤워, 에어컨, 와이파이 같은 문구가 강조돼 있었고. 무엇보다 사진 속 방이 내가 만달레이에서 묵은 숙소와 비교가 안 될 정도로 깨끗했어.

내가 "정말 이 방처럼 깨끗해?"라고 물어보니 호객꾼이 "그럼, 약속할 수 있어"라고 대답했는데, 여자 목소리였어. 세상에, 자기가 일하는 게스트하우스를 위해 달리는 기차에 뛰어드는 여자라니. 정말 멋있었고 무조건 믿고 따라가기로 마음먹었어. 그리고 지금 사진 속 그 방에서 편지를 쓰고 있어.

내일은 하루 종일 목적지 없이 산책을 할 예정이야. 아, 정해놓은 것도 있어. 저녁에 숙소로 돌아오다가 강을 봤는데 정말 예쁘더라고. 새벽에 가서 해 뜨는 걸 보면 좋을 것 같아서 오늘은 일찍 자려고 해.

마을을 산책했는데 무척 편안했어.
어린 시절 하굣길을 다시 걷는 느낌이랄까.
지역 자체가 다정하게 느껴져.

그게 정말 가능해?

　　　　　　나는 늘 산을 좋아했어. 서울에 살았지만
집 근처에 산이 있었고, 초등학교부터 고등학교까지 하굣길 중 하나
는 산을 통하는 길이 있었어. 원래는 30분이면 가는 길이 산을 거치
면 2~3시간씩 걸렸지만 나는 그 길이 더 좋았어. 특히 산 입구에서
산속으로 들어갈 때의 느낌을 좋아했어. 지금 있는 곳에서 벗어나
새로운 세계로 들어가는 기분이 들었거든.

　띠보를 좋아하는 데도 분명 이런 취향이 작용했을 거야. 이곳은
도심의 작은 번화가를 제외하면 마을 전체가 산과 들판으로 이루어
져 있고, 곳곳에 애교점같이 작은 개울도 있어. 심지어 폭포도 있다
고 해.

게스트하우스 직원에게 띠보를 다 둘러보는 데 얼마나 걸릴지 물어보자 그녀는 잠깐 고심하더니 이렇게 대답했어.

"이틀이면 가능해. 하루는 남쪽, 하루는 북쪽."

나는 놀라서 되물었지.

"그게 정말 가능해?"

그러자 그녀는 솔직히 털어놓는다는 표정으로 덧붙였어.

"사실 하루면 가능해. 오전에 남쪽, 오후에 북쪽. 그리고 밤에는 미얀마 맥주를 마시면 돼."

잠깐 그 직원에 대해 소개하면, 샨족 출신이고 이름이 '푸푸'야. 초롱초롱한 눈에, 장난기 많고 밝으며 당당해. 그녀는 내가 외출했다 돌아올 때마다 장난을 걸어. 방 번호를 말하며 키를 달라고 하면 "확실해?"라고 되물어. 이 숙소에 처음 온 날 내가 방 번호를 잘못 말했거든. 그다음부터 계속 이런 장난을 쳐. 나도 처음엔 "그래"라고만 대답하다가 이제는 "확실하진 않아"라고 하거나 일부러 틀린 방 번호를 말하기도 해.

푸푸는 내가 이 숙소에 온 여섯 번째 한국인이라고 했어. 고맙게도 그중 내가 가장 잘생겼다고 말해 줬어. 엄청 신나서 "여섯 명이 다 남자였어?"라고 물으니 푸푸는 "아니, 네 명은 여자였어"라고 말하며 키를 건넸어.

그렇다고 이곳 직원 모두가 친절한 건 아니야. 달리는 기차에 올

라타 호객 행위를 했던 직원은 그날 이후 날 봐도 인사를 하지 않아. 하루에 두세 번은 마주치는데, 계속 나만 인사하는 케 어색해서 이젠 나도 못 본 척하고 지나가. 목적을 달성했으니 더 이상 친절할 필요가 없다는 걸까, 아니면 원래 친절한 사람은 아니었던 걸까. 이런 생각을 하다가 아침 식사 자리에서 그녀를 다시 만났어. 음식을 나르면서 서양인들에겐 허리가 거의 100도로 휘게 인사를 하더라고. 미소도 얼마나 예쁘던지. 내게 팸플릿을 건넬 때 딱 저 미소였지 싶

더라.

물론 그 직원 한 명 때문에 띠보 전체를 나쁘게 보려는 건 아니야.
이곳은 내게 최적화된 도시처럼 매 순간 안정감을 느끼게 해주거든.
그리고 이 안정감은 정말 오랜만에 느껴보는 거야. 지금 편지를 쓰
면서도 이 단어가 편하고 좋아서 몇 번씩 발음해 보게 돼.

"안정감."

그런 이유로, 푸푸 말대로 하루면 다 돌 수 있는 작은 마을에서 벌
써 나흘째 머물고 있어. 지금 봐서는 일주일 혹은 열흘 이상 있지 않
을까 싶어. 심지어 미얀마의 남은 일정을 모두 이곳에서 보내고 싶
은 마음도 없지 않아.

내 일과는 매일 비슷하면서도 달라. 보통 아침 식사를 하고 밖에
나와 한 방향을 정한 뒤, 지도를 보며 그 길이 끝날 때까지 걸어. 걷
다가 그늘이 있으면 쉬고, 사람을 만나면 인사하고, 사진을 찍고. 강
이 나오면 물속을 구경하거나 발을 담그고, 또 걷고 쉬고 사진을 찍
고. 그러면 어느덧 해가 기울어. 노을까지 찍고 나면 저녁거리를 사
들고 숙소로 돌아와. 패턴은 비슷하지만 만나는 사람이 다르고, 미
소가 다르고, 하루의 온기가 달라. 무엇보다 내 상태가 달라. 나는 여
기서 하루하루 편안함을 느끼고 있어.

며칠을 지내면서 이곳이야말로 내가 스마트폰 지도에 의존하지
않고 여행할 수 있는 최적의 장소란 확신이 들었어. 무슨 말인가 하

패턴은 비슷하지만 만나는 사람이 다르고,
미소가 다르고, 하루의 온기가 달라.
무엇보다 하루하루 편안함을 느끼고 있어.

면, 미얀마를 여행하는 동안 이동 시간 내내 스마트폰에 고개를 묻고 지도 속 화살표 방향만 쫓아다녔거든.

하지만 띠보는 달랐어. 우선 다른 지역보다 범위가 훨씬 좁고 동쪽에는 '마이인지 강', 서쪽에는 '철도'라는, 절대 끊길 수 없는 구획이 그어져 있어. 그 선을 넘어가지 않는 이상 국제 미아가 될 일은 없는 거지. 게다가 강에서부터 철길까지 거리가 2~4킬로미터에 불과하니, 이 정도면 시도해 볼 만했어. 이런 도전을 해보겠다고 마음먹은 건 아마도 이곳이 너무 편안해서일 거야. 누군가에겐 별거 아닌 도전으로 보이겠지만 나로서는 정말 오랜만에 목표가 생긴 거야.

그러니까 내일은! 스마트폰 지도 없이 여행을 해보려고. 수영아, 네가 응원해 줬으면 좋겠어.

심신일여

평소보다 1시간 정도 일찍 일어났어. 어김
없이 악몽을 꾸고 울다가 잠에서 깼어.

수영아. 이럴 때는 내가 혼자인 게 오히려 다행스러워. 이런 모습
을 누군가에게 보이고 싶진 않으니까. 설령 그게 너라고 해도 말이
야. 나조차 왜 우는지 모르는데 너한테 무슨 말을 할 수 있겠어. 만약
누군가 내게 "너 지금 어디 있어?"라고 묻는다면 "난 지금 미얀마에
있어!"라고 바로 대답할 거야. 그러나 내 마음이 어떤 상태인지, 또
어디에 있는지 묻는다면 나는 '여기'란 표현 대신 '저기' 혹은 '어딘
가'라고 대답해야 할 거야.

띠보 숙소에서 잠든 나와 꿈속에서 우는 나는 다른 시공간에 있는

듯해. 하지만 불교에서는 '심신일여(心身一如)'라 해서 마음과 몸을 구분하지 않아. 즉, 내 몸이 여기 있으면 마음도 여기 있는 거고, 내가 내 몸을 볼 수 있으면 내 마음도 볼 수 있다는 얘기야.

지금 나는 침대에 누워 편지를 쓰고 있어. 이불 밖으로 나온 내 발끝을 보고, 또 글을 적어 내려가는 내 손을 봐. 그럼 내 마음도 이렇게 볼 수 있다는 걸까? 만약 그렇다면 왜 악몽을 꾸고 울다가 깨는지 대답할 수 있어야겠지. 하지만 나는 아무 대답도 할 수 없어. 도대체 내 몸 어디에서 악몽이 상영되고 있는 걸까? 그리고 왜 상영되는 걸까?

그래도 오늘 아침이 다른 날과 다른 게 있다면, 평소엔 당연하게 받아들인 악몽에 대해 "왜?"라고 묻기 시작했다는 거야. 어쨌든 이건 '내 꿈'이고, 그렇다면 분명 내 안에 있을 테니까.

내 마음이 어떤 상태인지, 또 어디에 있는지 묻는다면
'여기'란 표현 대신 '저기' 혹은 '어딘가'라고 대답해야 할 거야.

커다란 우물

　　　　　　　　　오늘 목표는 간단했어. '스마트폰 지도 없이' 숙소에서 폭포까지 가기.

어제 잠들기 전까지 외웠던 지도를 아침 식사 때 다시 한 번 훑어봤어. 푸푸 말로는 폭포까지 어른 걸음으로 1시간 30분 정도 걸린다고 했어. 나는 여러 변수를 고려해 목표를 3시간으로 정했고, 만일에 대비해 종이 지도도 챙겼어. 마지막으로, 해가 졌는데도 숙소로 돌아오지 못할 땐 지도 앱을 켜거나 툭툭이를 부르기로 했어. 길을 잃은 곳이 부디 툭툭이가 다닐 수 있는 곳이길 바라면서.

내가 걸을 코스는 지도상으로는 무척 쉬워 보였어. 띠보에서 가장 넓고 큰 길을 타고 쭉 직진한 뒤, 큰 교차로에서 우회전하여 산 입구를 찾아 들어가면 폭포로 가는 길이 나와. 지도상으로는 그래. 나는 큰길을, 사진 찍을 게 더 많은 '강가'로 바꿀까 잠깐 생각하다가 그러면 길이 훨씬 복잡해지기 때문에 원래 계획을 따르기로 했어.

다행스럽게 큰길에도 볼거리가 풍부했어. 차들이 많아 시끄러웠지만 보는 재미가 있었어. 양곤과는 다르게 대부분 덤프트럭이었고, 짐칸엔 목재가 가득 실려 있더라. 아마도 중국으로 수출하는 목재가 아닐까 싶어. 덤프트럭 사이로 사람들이 걷거나 자전거를 탄 채 지나갔어.

사람들은 몹시 느리게 움직였어. 마치 슬로모션 버튼을 가지고 있는 것처럼 어떤 사람은 60프레임, 또 어떤 사람은 120프레임으로 움직였어. 그렇다고 활력이 없는 건 아니었어. 무거운 짐을 든 이들도 많았고, 아침 일찍 장을 보러 나온 사람, 자전거 뒤에 아이를 태우고 달리는 여인까지.

처음에는 나 역시 이 분위기에 취해 여유롭게 걸었지만 시간이 지남에 따라 조금씩 불안해졌어. 나중에는 몇 걸음 걷다가 종이 지도를 펴고, 또 몇 걸음 걷다가 지도를 확인하길 반복했지. 결국 나만 이 느린 도시에서 무성영화의 희극배우처럼 조급하게 움직이는 꼴이 됐어.

문제는 지도상으로 큰 교차로가 나와야 할 타이밍이 한참 지난 것 같은데 계속 좁은 골목만 나왔다는 거야. 점점 초조해진 나는 '이 정

도면 큰 교차로 아니야?' 싶어 우회전을 했어. 지금 생각해 보면 오늘의 여행은 이때 시작된 것 같아.

내가 좀 더 현명했다면, 잘못 들어선 사실을 깨달았을 때 잘못된 지점으로 돌아가 다시 시작했을 거야. 실패할 확률을 줄이는 가장 좋은 방법이니까. 그러나 이 '실패한 영화인'은 지금까지 온 길이 아깝다는 이유로 계속 밀고 나갔어. 아예 생각 없이 한 행동은 아니었어. 우측이라는 방향성은 맞으니 조금 일찍 틀었다 해도 분명 연결되는 길이 있으리라 믿었거든. 하지만 이곳은 산과 들판으로 이뤄진 마을이었어. 도심이라면 여기저기로 뻗어 있을 길이 산이나 끝없는 논밭에 막혀버렸고, 나는 직진밖에 할 수 없었어.

종이 지도와 스마트폰 지도의 가장 큰 차이는 내 위치를 아느냐 모르느냐가 아닐까. A4 크기의 종이 위에 내 위치를 가리킬 수 없게 되면서부터 더 이상 지도를 보지 않게 되더라. 일단 앞으로 가는 수밖에 없었어. 결국 그 길 끝의 한 마을에 도착했는데, 가이드북의 소개 글처럼 '오지'라 부를 만한 곳이었어.

커다란 우물이 있었고, 우물 옆에는 모닥불이 피워져 있었어. 조금 떨어진 자리에서는 아이들이 커다란 나무에 올라타 톱질을 했고. 내가 목이 말라서 어떤 아주머니에게 "이 물 마셔도 돼요?"라고 몸짓으로 물어보니, 아주머니는 웃으면서 "오케이"라고 하셨어.

우물 안은 어둡고 조용했어. 내가 물 바구니를 던지자 아래쪽에서 텅 하는 소리가 난 뒤 줄이 팽팽해지며 물이 차는 게 느껴졌어. 아주머니가 이제 됐다고 손짓해서서 열심히 줄을 잡아당겼지. 생각보다 한참 후에야 물 바구니가 올라오더라. 우물 안에 있을 땐 몰랐는데 물이 정말 맑았어. 달고 시원해서 연거푸 두 컵이나 마셨어.

내가 엄지손가락을 들어 올리자 아주머니는 웃으며 모닥불 위의 주전자를 가리키셨어. '저것도 마셔봐'라는 뜻 같아서 고개를 끄떡였지. 모닥불 주위에는 아기에게 젖을 먹이는 여인들이 앉아 있었어. 모닥불 위에는 검게 탄 주전자가 놓여 있고, 달그락 물 끓는 소

나는 손짓과 표정으로 고맙다,
아이가 예쁘다, 차가 맛있다 같은 말을 했는데
모두 알아듣는 듯했어.

리가 났어. 아주머니가 차를 따라주셔서 나도 그들처럼 앉아 그 차를 마셨지. 나는 손짓과 표정으로 고맙다, 아이가 예쁘다, 차가 맛있다 같은 말을 했는데 모두 알아듣는 듯했어. 그렇게 10분 정도 있다가 시계를 보니 벌써 목표했던 3시간이 거의 다 흘렀더라. 신기하게도 어차피 늦었다는 걸 알고 나니 오히려 마음이 가벼워졌어. 그분들의 사진을 찍고 고맙다고 인사한 뒤 자리에서 일어났어.

물론 그 뒤에도 불안감이 여러 번 찾아왔어. 그때마다 마음속에선 이런 말들이 새어나왔고. '원래 계획이 밤에 폭포를 구경하는 거였어? 그다음엔 국제 미아가 되면 되겠네', '이렇게 빈둥빈둥 돌아다니는 건 서울에서도 가능하지 않아?' 등등. 하지만 내가 천천히 걸을수록 잡념들도 가라앉는 느낌이 들었어. 사실 3시간이란 기준은 내가 임의로 잡은 거고, 그 시간 안에 도착하지 못한다고 해서 여행이 잘못되는 건 아니었거든.

내가 서울에서 사용하는 지하철 앱엔 두 가지 옵션이 있어. '최소 시간'과 '최소 환승'. 내비게이션과 지도 앱 역시 좁은 골목까지 탈탈 털어서 가장 빠른 길을 알려주지만 어떤 앱도 '예쁜 길' 순으로 정렬해 주진 않아. 그러나 지금 나는 가장 예쁜 길로 걸을 수 있고, 심지어 그 길에서 잠시 쉬어갈 수도 있어. 마음이 불안할 때마다 이 순간 가장 편안한 게 뭔지에 집중했어.

아, 새롭게 알게 된 사실도 있는데, '폭포'가 미얀마어로 '남똑'이래. 덕분에 폭포를 찾아가는 게 한결 수월해졌어. 지나가는 사람에게 "남쪽?"이라 물으면 대부분 친절하게 방향을 알려줬거든. 재밌는 건 사람마다 저마다의 길로 알려준다는 거야. 아이들에게 물으면 자기들이 다니는 좁은 골목길을, 농부에게 물으면 논두렁을 가로지르는 길을, 아주머니에게 물으면 마을을 통해 가는 길을 알려줬어.

선한 인상의 어떤 할아버지에게 "남쪽?"이라 했을 때는 들고 있던 낫으로 옥수수 밭 사잇길을 가리키셨어. 할아버지의 낫은 옥수수를 베는 데 사용하는 걸 거야. 나는 할아버지를 따라 그 길을 걸었어. 할아버지는 몇 분 정도 함께 걷다가 옥수수 밭 안으로 사라지셨고.

막상 혼자가 돼보니 왜 많은 공포영화가 옥수수 밭을 무대로 삼는지 알겠더라. 옥수수 밭은 어느 정도 안으로 들어서면 완벽히 외부와 단절돼서, 앞뒤 양옆 모두 옥수수나무밖에 보이지 않아. 넓은 옥수수 밭에 나 혼자 있다는 게 무서울 수도 있고 편안할 수도 있는데 그 순간엔 후자였어. 키 큰 옥수수나무 때문에 생긴 그늘은 선선했고, 나무 너머 하늘은 보정이 필요 없을 정도로 예쁜 색이었어. 무엇보다 옥수수 밭에서 나는 소리가 좋았어.

걸음을 멈추고 바닥에 앉았다가 에라 모르겠다, 가방을 베고 누웠어. 눈을 감고 있으니 마음이 '놓이는' 게 느껴졌어. 자주 쓰던 말임에도 몸으로 경험한 건 처음이었어. 정말로 마음이 내 안에 놓여 있었고, 나는 편안했어. 만약 극락이나 천국이 저마다 원하는 모습으

로 존재한다면 내 천국은 이런 모습이면 좋겠더라. 바람은 파도처럼
옥수수 밭으로 밀려오고 나가기를 반복했어. 바람이 내 옆을 지나면
파도가 떠난 자리에 바다 거품이 부서지듯 옥수수 잎사귀마다 예쁜
소리를 냈고. 나는 그 자리에서 오래 쉬었어.

　폭포에 도착했을 땐 출발한 지 7시간이 지나 있었고, 사실 폭포를
보지 못했다 해도 그리 아쉽지 않았을 것 같아. 폭포는 그야말로 목

적지에 불과했거든. 실제로 폭포에 머물렀던 시간은 무척 짧아. 잠깐 수영만 하고 내려왔지. 신기한 건 돌아오는 길은 갈 때보다 훨씬 수월했다는 거야. 한 번 걸어봤다는 사실만으로 길을 더 쉽게 찾을 수 있었어. 밤늦게 숙소에 도착하자 푸푸는 늘 하던 장난 대신 걱정스럽게 말했어. "폭포에 간다더니 왜 이제야 오는 거야?" 그 말에 나는 그냥 웃고 말았어.

지금 편지를 쓰는 순간에도 첫 마을에서 마셨던 차의 맛과 찻잔의 온기가 생생해. 아마도 내 마음이 여전히 그 순간에 머물고 있기 때문일 거야. 밭에서 만난 농부 아저씨들의 얼굴도 떠오르고, 옥수수 밭에서 느낀 바람도 여기 내 마음 안에 있어.

많은 장면들 가운데 계속 곱씹게 되는 건 커다란 우물이야. 어쩌면 내 악몽은 마음 깊은 곳에서 길어 올리는 물 바구니일지도 몰라. 그렇게 계속 꺼내서 확인해야 하는 이유가 있는 건 아닐까. 솔직히 나는 악몽을 꿀 때마다 나 자신이 나약하게 느껴져. 남들은 이런 실패쯤 금세 극복하고 새로운 삶을 살거나, 이런 꿈조차 꾸지 않을지도 모르지. 하지만 그건 그들의 길이지 내 길은 아니잖아. 비록 지지부진하고 답답하더라도 이게 나의 속도라면 이렇게 걷는 게 맞지 않을까.

그건 그들의 길이지 내 길은 아니잖아.

비록 지지부진하고 답답하더라도 이게 나의 속도라면 이렇게 걷는 게 맞지 않을까.

앞이라 하는 것 앞에

　　　　　수영아. 너는 한 해의 마지막 날을 어디서 어떻게 보내고 있어? 나는 여전히 띠보에 있고, 이곳에서 한 해를 마무리할 수 있어서 무척 감사해. 이 도시는 따뜻한 이불 속 같아. 어디에 있건 무엇을 하건 포근함과 안정감이 느껴지거든. 이곳은 내년 계획이 전혀 없는 내게 "그게 뭐 큰 문제야?"라고 말해 주는 것 같아. 그런 느낌이 들 때면 나도 모르게 "맞아, 그게 뭐 대수야"라고 혼잣말을 하게 돼.

　띠보는 내게 일종의 '도피처'기도 해. 도피처라는 단어에 부정적인 느낌도 있지만, 나 같은 경우 늘 쫓기다가 이곳에 와서야 비로소 숨다운 숨을 쉬고 있으니 꼭 나쁜 것만은 아니야. 매일매일 이렇게 살면 좋겠다고 생각하는 동시에 내가 미얀마에서 머물 수 있는 날짜도 헤아리게 돼. 시간은 정해져 있고 또 계속 흐르니까.

시간이 지나고 있음을 손목시계에서 보고, 달력에서 보고, 나를 통해서도 봐. 아침마다 거울 앞에서 '늙음'과 마주치거든. 주위 사람들이 건강 보조제를 먹고 나이 듦을 한탄할 땐 그저 남 얘기로만 여겼는데, 어느 날 거울을 보니 나도 그렇게 나이 들어 있었던 거지. 내가 생각하는 나는 훨씬 건강하고, 젊고, 또 예쁜 표정을 짓고 있는데 현실의 나는 그렇지 않아.

어릴 땐 놀라울 정도로 늙음에 대해, 죽음에 대해 무지했어. 죽음을 만만하게 보고 "나도 '커트 코베인'처럼 스물일곱 살에 모든 걸 이루고 죽을 거야!"라고 말한 적도 있어. 그런데 지금은 내가 스물일곱 살에 무엇을 했는지도 잘 기억나지 않아.

띠보에 있으면서 유독 어린 시절이 많이 생각나. 어릴 때 자다가 쥐가 자주 났거든. 그때마다 엄마는 내 다리를 주물러주며 키가 크는 거라고 말씀하셨어. 또 코밑으로 까칠한 수염이 띄엄띄엄 올라온 날, 처음 여드름이 생긴 날, 거울 앞에 서서 내 얼굴을 유심히 보던 순간도 선명해. 무엇보다 그 당시 내가 어떤 미래를 꿈꿨고, 어떤 고민을 했는지 기억하고 있어. 그땐 모든 게 이뤄질 것 같은 시간 속에 살았거든. 두려움보다 기대가 컸고, 그래서 새해에 한 살 더 먹는 게 그렇게 좋았어. 그 한 살로 인해 내가 할 수 있는 일이 더 늘어나는

언제부터인가 나이 한 살 더 먹는 게
'더하기'가 아닌 '빼기'처럼 느껴져.

것 같았으니까.

하지만 언제부터인가 나이 한 살 더 먹는 게 '더하기'가 아닌 '빼기'처럼 느껴져. 이것도 빼고 저것도 뺀 뒤 최소한의 희망만 축약해서 한 해를 계획하고, 그마저 과연 이뤄질지 염려해. 이제는 심지어 나에게도 스마트폰처럼 초기화 버튼이 있으면 좋겠다고 생각해. 지금 이 모습이 어린 시절 꿈꾸던 모습은 아니니까.

오늘은 엊그제 폭포에서 돌아오다가 본 무덤가에 다시 가봤어. 그날은 어두워서 제대로 보지 못했거든. 묘지에 도착했을 때 사람들이 누군가의 관을 묻고 있었어.

'저 사람은 하루만 더 살았다면 한 살 더 먹었을 텐데.'

이런 생각을 하다가 과연 의미가 있을까 싶더라.

이곳의 무덤과 비석은 모양이 각기 달라. 어떤 무덤은 무척 웅장하고, 어떤 무덤은 놀이공원의 자동차 모양을 하고 있으며, 비석조차 세우지 않은 무덤도 있어. 어찌 보면 각자의 삶이 달랐듯 돌아가는 자리도 다른 게 당연하겠지. 나도 내 무덤의 모양을 한번 그려봤는데, 너무 못 그려서 차마 보여주진 못하겠다.

그림을 그리고 있는데 옆으로 나이 어린 동자승 무리가 지나가더라고. 그것도 너무 즐겁게. 아이들에겐 묘지란 공간도 놀이터인 건지 무덤 위로 막 뛰어오르고, 비석 사이에서 술래잡기를 하고. 왜 '천

진하다'라는 말 있잖아. 딱 그 느낌이었어. 노을 지는 시간까지 겹쳐
서 내가 환상을 보고 있나 싶기도 했어. 그렇게 아이들 사진을 여러
장 찍었어. 그리고 숙소로 돌아와 사진들을 보며 편지를 써.

　수영아. 이 아이들은 비석보다도 키가 작아. 그게 부러워. 하지만
내가 저 나이로 돌아간다 한들 뭐가 달라질까. 언젠가는 비석보다
키가 커지고, 어느 날부턴 무덤 위로 오르지 않겠지. 반대로 내 키가

더 클 수 없다는 사실도 알아. 지금의 내 위치는 오늘 관 속에 들어간 누군가와 무덤 위에서 뛰어노는 이 아이들 사이에 있다고 생각해. 그러니까 이 아이들만큼은 아니겠지만 아직 내게도 시간이 있다고.

내가 올해 찍은 사진들 가운데 이것이 가장 마음에 들어. 사진을 보다가 문득 나도 저렇게 웃고 싶어졌어. 그것은 내가 다시 영화를 찍는다거나. 초기화되는 것보단 훨씬 쉬운 일이겠지. 그래서 새해 목표는 저런 표정을 한 번이라도 지어보는 걸로 정했어. 응원해 줘. 그리고 이것은 올해 마지막으로 읽은 시야.

앞이 있고 그 앞에 또 앞이라 하는 것 앞에 또 앞이 있다
어느 날 길을 가는 달팽이가 느닷없이 제 등에 진 집을
큰 소리나게 벼락치듯 벼락같이 내려놓고 갈 것이라는 데에
일말의 기대감을 가져보는 것이다
그래 우리가 말하는 앞이라 하는 것에는 분명 무엇이 있긴 있을 것이다
달팽이가 전속력으로 길을 가는 것을 보면.
- 신현정, 〈희망〉

컷!

　　　　　　수영아. 새해 첫날부터 이런 편지를 쓴다는
게 마음 불편하지만 나도 누군가에게 털어놔야 여행을 계속할 수 있
을 것 같아. 오늘 아침에 게스트하우스 직원과 싸웠고, 결국 지금은
다른 게스트하우스에 와 있어.

　띠보는 닷새마다 '새벽시장'이 열리거든. 새해 첫날, 새벽 촬영을
하면 의미 있을 것 같아서 새벽 3시에 일어나 로비로 갔어. 숙소가
밤엔 문을 잠그는 걸 알기에 전날 사장님과 푸푸에게 미리 말을 해
놨었지. 오늘 당직은 전에 얘기했던 '불친절한 직원'이었는데, 몇 번
을 불러도 안 일어나다가 잠이 덜 깬 목소리로 이러는 거야.

　"새벽시장은 5시에 여니 그때 다시 내려와."

나는 어제 사장님에게 4시 전에 가야 제대로 볼 수 있다는 얘기를 들은 터라 "지금 나가겠다. 문을 열어달라"고 말했어. 그러자 그녀가 일어나면서 딱 한마디를 하는 거야.

"Fuck!"

너무 황당하니 아무 말도 나오지 않더라. 잠깐 동안 가만히 있다가 자물쇠를 여는 그녀에게 "너 지금 나한테 말한 거야?"라고 물으니 "아니야, 혼잣말이었어" 하더라고. 그러니까 이게 내가 새해 첫날, 처음 만난 사람에게 들은 말이야.

숙소의 문제와는 별개로 새벽시장은 멋있었어. 다들 촛불과 LED 스탠드로 자기 구역을 밝혔고, 그런 가게가 50미터 넘게 늘어서 있었어. 가로등도 드문 이 도시에 골목 하나가 빛으로 가득 차 있다니. 무척 신비로워서 마치 동화 속에 들어간 느낌이었어. 나는 오랜만에 50밀리 단렌즈를 꺼내 촬영했어. 그러나 이 멋진 곳을 촬영하는 내내 새벽에 들은 욕이 머리에서 떠나지 않았어.

솔직히 나는 이런 부당한 상황에 무척 익숙해. 더 정확히 표현하면, 이런 상황에서 침묵하는 데 익숙한 거지. 독립영화판에선 이런 일이 비일비재하거든. 나도 처음엔 그런 순간마다 싸웠어. 하지만 그러고 나면 어떤 방식으로든 뒷얘기와 불이익이 따랐고, 지금 생각해 보면 정말 하찮지만 그땐 크게 느껴졌어. 어느 순간부터 둥글둥글해지는 길을 택했던 것 같아. 윗사람들이 손에 쥐기 쉽게 스스로

내가 그녀에게 말했던 게 마음에 걸렸어.
"You talking to me?"
이것은 내가 가장 좋아하는 영화 〈택시 드라이버〉의 대사야.

고개를 숙이고 팔다리도 오므린 거지.

　원래 얘기했던 보수와 다를 때도, 말도 안 되게 긴 시간을 촬영할 때도, 심지어 촬영 중 차 사고가 났을 때도 "네 괜찮아요", "뭐 어쩔 수 없죠", "네 알겠습니다"를 관성처럼 말하게 됐어. 모든 독립영화인이 그렇다는 건 아니야. 내가 그랬던 거지. 그럴 때마다 속으로 하는 전용 멘트도 있어. '그냥 똥 밟았다고 치자.'

　나도 이게 '찌질한' 선택임을 알아. 그러니까 아까 같은 상황에서 고작 한다는 말이 너 지금 나한테 말한 거냐고, "You talking to me?"였던 거지.

　시장 촬영을 하는 동안 불친절한 직원의 말이 여러 번 떠오를 때도, 그녀의 말과는 다르게 시장이 5시에 문 닫는 걸 보면서도 이미 지난 일이니 그냥 넘어가자고 생각했어. 그냥 넘어가는 거야말로 세상에서 가장 편한 길이니까. 전제 하나만 달면 돼. 내가 그런 취급을 받아도 되는 사람이라는 전제.

　시장이 파하며 불빛들이 꺼지는 걸 보면서, 그와 반대로 먼 하늘에 올해 첫 아침이 서서히 떠오르는 걸 보면서 마음이 계속 불편했어. 마치 눈앞에서 슬라이드 필름이 지나가듯 아까의 장면 위로 과거 비슷했던 순간들이 스쳐갔어. 그때 느꼈던 억울함, 화남, 그러다 결국은 그냥 넘어가자며 타협하고 체념했던 당시의 내 표정이 지금의 나와 선명하게 겹치더라.

그 순간에도 나는 속으로 '제발 그냥 똥 밟았다 생각하고 넘어가자'를 되뇌었어. 뭐 어쩌겠어, 이미 지난 일인데. 따지려면 아까 따졌어야지. 그런데 이상하게 그녀가 내게 했던 욕보다 내가 그녀에게 말했던 게 더 마음에 걸렸어.

"You talking to me?"

왜 이 말을 사용했을까. 이것은 내가 가장 좋아하는 영화 〈택시 드라이버〉의 대사야. 장난으로, 또 진지하게 수백 번 따라 했던 대사기도 해. 입버릇처럼 나중에 내 영화를 찍을 때 오마주 하겠노라 말했던 대사고, 적어도 수십 번은 돌려보았던 장면 속 대사야.

도대체 나는 왜 그 상황에서 이 대사를 써버린 걸까. 신성시하던 대사를 가장 찌질한 순간에 내뱉어버렸다는 사실이 정말 화가 나고 불쾌해. 속이 부글부글 끓는 게 좋아하는 영화에 대한 애정 때문인지, 단순히 쌓고 쌓다가 더 이상 쌓을 곳이 없어 무너지려는 내 찌질함의 역사 때문인지 정확히 알 순 없어. 뭐가 됐건 내 삶에 'NG'로 기록될 그 장면에 "컷!"을 외치고 싶었어.

먼저 말하지만, 내가 숙소로 돌아가 한 일은 〈택시 드라이버〉의 트래비스처럼 한 손엔 스미스 38구경, 다른 손엔 매그넘 44를 들고 악당들 머리를 정조준하는 멋진 시퀀스가 아니었어. 화도 내본 사람이 잘 내는 거더라. 게스트하우스 입구에서부터 엄청 떨리고, 문제의 직원 앞에 가선 어버버 겨우겨우 입을 떼고. 그러다가 그녀가 약 올

리듯 "난 그런 말 한 기억이 없는데?"를 내뱉는 순간 갑자기 주위 모든 소리가 사라지면서 머릿속에 딱 한 가지 생각만 남았어.

'오늘은 내가 똥이 되어야겠다.'

그리고 나선 내가 할 수 있는 모든 지랄과 진상을 피웠어. 기억이 나지 않는다던 그 직원은 결국 "정말 미안해"로 말을 바꿨고, 사장님도 나와서 그녀와 같이 다시 사과를 했어. 사과의 뜻으로 숙박비를 돌려준다고 했지만 나는 받지 않고 짐을 싸서 다른 숙소로 옮겼어.

지금 편지를 쓰는 이곳은 이전 숙소보다 더 비싸고 오래됐으며 더러워. 바닥과 천장이 나무로 돼 있고 곰팡이 냄새도 많이 나. 이게 웬

사서 고생인가 싶은 생각도 들어. '맨날 똥 밟는 사람이었다가 스스로 똥이 돼보니 마음이 정말 편해'라고 적고 싶지만, 솔직히 마음 불편한 건 엇비슷해. 그저 후회가 조금 덜할 뿐이야.

내가 좋아한 이 도시, 인생 최고의 여행지라 여겼던 띠보에서, 그것도 새해 첫날 이런 일이 일어났다는 게 마음 불편해. 그래서 너에게 무작정 편지부터 썼어. 말하고 나면 마음이 좀 정리될까 싶어서. 그런데 솔직히 아직도 편하진 않아.

스스로에게 해야 했던 말

수영아. 나는 다른 사람들에게 다정한 사람이고 싶어. 그게 어렵다면 적어도 편안한 사람이고 싶어. 내가 그런 사람들을 좋아하고 또 닮고 싶으니까. 하지만 그런 마음가짐 때문에 누군가가 나를 만만하게 보는 건 원치 않아.

내게 욕을 한 직원은 전에도 얘기했듯 다른 손님에겐 과할 정도로 친절했어. 그런데 나에게만 무례했던 건 어느 정도 무의식적인 행동이었을 거야. 직업에 어울리는 태도는 아니었지만 내게도 문제가 있다고 생각해. 얼마나 만만해 보였으면 그런 욕이 자연스럽게 나왔겠어. 그녀는 나중에 "전날 술을 너무 많이 마셔서 한 실수"라고 말했어.

돌아보면 나는 스스로에게 그보다 더 심하게 굴 때도 많아. 이름

부르듯 자신을 '실패한 영화인'이라 깎아내리고, 거의 매일같이 악몽을 꾸고, 인생의 초기화 버튼을 찾고…. 누가 봐도 매력 없고 만만한 삶을 살고 있는 게 사실이지. 나의 이런 태도가 분명히 외부로도 표출됐을 거라 생각해.

이런 생각을 하며 숙소 앞에 서 있는데 아저씨 한 분이 다가오더니 물어보시더라. "한국인이세요?" 나는 "맞아요"라고 했지. 아저씨는 자기도 이 숙소에 묵고 있다면서 지금 저녁 먹으러 나가는데 같이 가자고 하셨어. 내가 거절하자 그럼 밤에 술 한잔하자고 하시더라. 사실 이때까지만 해도 밤이 되면 다른 핑계를 대고 방에서 쉬어야겠다고 생각했어. 누구를 만나 얘기하고 싶지 않았거든.

카메라를 들고 거리로 나와 해가 질 때까지 걸었어. 이 작은 동네를 참 많이도 걸어다녔구나 싶게 안 가본 골목이 없더라. 오늘 새벽 그런 일이 있었다고 해서 미워하기엔 띠보는 참 아름다운 곳이고, 내가 이 도시로부터 받은 게 많았어. 오늘 느낀 불쾌감보다 안정감과 따뜻함, 편안함이 비교할 수 없이 컸고.

1시간쯤 산책을 하고 다시 숙소로 돌아오니 그 아저씨가 아까 내가 서 있던 곳에서 담배를 피우고 계시더라. 신기하게도 바로 내 옆방에 머문다고 하셨어. 결국 우리는 테라스에서 같이 맥주를 마셨어.

아저씨는 자신을 '울릉도 불독'이라 소개했는데, 내가 닮고 싶은 성격을 갖고 계셨어. 나를 편안하게 대해주고, 본인 이야기를 하는

"다 지나가요. 괜찮아요."

것보다 내 이야기에 더 관심을 가져주셨어. 울릉도에서 관광업을 하고 매 겨울마다 2개월씩 여행을 다닌다고 하셨어. 이미 셀 수 없이 많은 나라를 가보셨더라고. 취미로 사진도 찍는데, 내게 기술적인 부분을 물어보셔서 나도 기분 좋게 알려드렸어.

술이 어느 정도 들어간 뒤 아저씨는 아까 왜 안 좋은 표정으로 숙소 앞에 있었냐고 물으시더라. 그래서 오늘 새벽에 있었던 얘기를 쭉 해드렸어. 아저씨는 묵묵히 다 듣고 나서 "아, 그 사람 참 나빴네"라고 하더니 이렇게 덧붙이셨어.

"여행이란 게 항상 좋은 순간만 있는 건 아니더라고요. 저는 원진 씨보다 영어도 못하고 나이까지 많으니 억울한 상황이 정말 많았어요. 유럽에선 거의 열 배가 되는 가격에 식사를 한 적도 있어요. 그럴 때 원진 씨처럼 따지지도 못했어요. 그래도 계속 여행을 다니는 건 안 좋은 경험에서도 배우는 게 있어서예요. 원래 영어는 '헬로'밖에 몰랐는데 이젠 좋다, 싫다, 꺼져 정도는 할 줄 알거든요."

그러면서 차지게 영어 욕을 하셨어. 내가 웃으니까 아저씨도 웃으며 짧게 말을 이으셨어.

"다 지나가요. 괜찮아요."

아저씨에게 이 말을 들었을 때 내 안에서 어떤 큼지막한 게 쑥 빠져나가는 기분이었어. 그것은 내가 스스로에게 해주고 싶었지만 하지 못한 말이기도 했고, 믿고 싶었지만 결국 믿지 못한 말이기도 했어. 그 말을 다른 사람 입을 통해서 들으니 마음이 아팠어. 아저씨가 건네신 건 '위로'였어. 오늘 같은 날도 나 자신 안에서 문제를 찾고, 스스로를 혼내고, 현재의 나를 미워하는 내게 정작 필요했던 건 "괜찮아"라는 한마디였던 것 같아.

살아 있는 불상

　　　　　　　　띠보에 계속 있는 게 맞는 걸까. 잘 모르겠
어. 이곳에서 편안함을 느끼는 건 사실이야. 비록 옮긴 숙소가 이전
만큼 깨끗하지 않고, 눈에 들어오는 풍경이 처음 도착했을 때처럼 새
롭진 않아도 여전히 이곳이 좋아. 그렇다면 남은 여행 기간 전부를
이곳에서 보내면 될 텐데 막상 '그렇게 하자!'라고 결정하려니까 왠
지 마음이 불편해. 아이러니하지? 내가 띠보를 좋아하는 가장 큰 이
유는 마음이 편해서인데, 더 머물 생각을 하면 불편해지니 말이야.

　결국 머물거나 떠나거나 둘 중 하나인데, 이 단순한 결정 앞에서
수많은 생각이 뒤따라. 마치 수십 개의 인터넷 창을 동시에 띄워놨
는데 한 페이지도 제대로 로딩이 되지 않을 때처럼 머릿속이 버벅

대. 불필요한 창은 닫고, 내가 원래 보려던 게 무엇인지를 알아야 하는데… 이게 말은 쉽지. 답답한 마음에 일단 나와서 좀 걸었어. 그러다가 가이드북에서 본 '대나무로 만든 불상'이 떠올라, 그 불상이 있는 사원으로 갔어.

이곳은 그동안 내가 미얀마에서 봐온 휘황찬란한 사원과는 정반대였어. 사원이라기보다는 스님들이 모여 사는 작은 마을 같았고, 그래서 띠보와 잘 어울렸어. 부분 부분 보수공사 중이었는데 재밌게

이 불상도 부처님이냐고 묻는다면
나는 당연히 그렇다고 대답할 거야. 내가 칠했다 해도
이상하지 않을 정도여서 오히려 부처님이 가깝게 느껴졌어.

도 스님들이 직접 공사를 했어. 젊은 스님들은 주로 무거운 장비를 옮겼고, 연배가 있어 보이는 스님은 시원한 그늘에서 느긋하게 페인트칠을 했어. 나이가 가장 많아 보이는 스님도 직접 목재를 옮겼는데, 몇 개 옮기고는 힘든지 수돗가에서 목욕을 하셨어. 생각보다 물이 차가운 듯 "어이쿠! 어이쿠!" 하시더라. 노스님을 포함해서 다른 스님들도 승복만 입고 있을 뿐 동네에서 마주치면 그냥 '아저씨'였을 거야.

사원 건물도 자세히 보니 한 번에 조성됐다기보다는 일단 한 채를 세워놓고 누군가가 "야, 이 옆에 건물 하나 더 지어도 되지 않겠어?"라고 해서 지어진 것처럼, 모양이 다른 건축물이 줄줄이 이어져 있어(나는 이런 식의 건물을 군대에서 본 적 있어).

이처럼 허술한 상황을 하나의 표정으로 보여준다면 아마 이 얼굴일 거야. 부처님 얼굴 좀 봐봐. 너무 귀엽지 않아? 이런 일을 전문으로 하는 사람이 채색한 게 아니라 그냥 이 사원에서 가장 손재주 좋은 스님이 칠했을 것만 같아. 이 불상도 부처님이냐고 묻는다면 나는 당연히 그렇다고 대답할 거야. 예술이란 게 꼭 특출한 재능을 가진 이에 의해서만 만들어지는 게 아니니까. 내가 칠했다 해도 이상하지 않을 정도여서 오히려 부처님이 나와 무척 가깝게 느껴졌어.

스님들 말고 인부도 두 사람 있었는데 모녀로 보였어. 엄마로 보이는 사람이 시멘트 포대를 옮기면 딸이 시멘트를 물에 개었어. 내

가 다가가 몸짓으로 "무섭지 않아?"라고 물었더니 엄마는 이미 공사
가 끝난 맞은편 건물을 가리키며 어깨를 으쓱했어. 아마도 저 건물
도 자신이 보수했다는 얘기 같았어. 내가 엄지손가락을 들어 올리며
"굿"이라고 말하자 엄마는 부끄러운 듯 웃었어. 나는 그들에게 '대나
무 불상' 사진을 보여주면서 위치를 물었어. 엄마는 다시 한 번 자신
들이 보수했다는 건물을 가리켰어.

　사원 안은 조용했어. 이상하리만치 사람이 없어서 더 조용하게 느
껴졌던 것 같아. 조금 더 안쪽으로 들어가자 큰 창문이 보였고, 그 앞
에 스님 한 분이 앉아 책을 읽고 계셨어. 그 모습을 본 순간 이 생각
뿐이었어. '찍어야 돼!'

　스님에게 혹시 사진 촬영을 해도 되는지 물어보니 잠시 망설이다
가 "오케이"라고 하셨어. 이렇게 허락을 받고 나면 겉으론 태연한
척하지만 가슴이 얼마나 뛰는지 몰라. 좋은 사진을 찍을지도 모른다
는 예감이 온몸에 퍼지면서, 몸속 세포들이 다 같이 춤을 추는 것 같
아. 그저 예감으로 끝나는 경우가 대부분이지만 그래도 이 순간은
정말 좋아. 어쩌면 이 느낌 때문에 계속 사진을 찍는지도 몰라.

　그렇게 책 읽는 스님의 사진을 찍기 시작했어. 내가 쓸 수 있는 빛
은 창가에서 들어오는 게 전부였지만, 고맙게도 스님 얼굴에 잘 번
져 있었어. 사원 안에는 스님과 나밖에 없었고 내가 움직일 때마다
오래된 목조건물 바닥에서 '삐거덕' 소리가 났어. 삐거덕 소리가 난

뒤엔 카메라의 '찰칵' 소리가 한 음절처럼 이어졌고. 그렇게 한 리듬이 끝나면 다시 조용해졌어.

삐거덕- 찰칵….

삐거덕- 찰칵….

어느 순간부터는 이 소리도 의식하지 못했던 것 같아. 얼마나 시간이 지났을까? 갑자기 사원 안으로 다른 스님 무리가 몰려들어 오면서 자연스럽게 촬영은 끝이 났어. 책 읽는 스님에게 다가가 고맙다고 인사를 하니 스님도 똑같이 인사했고, 스님이 합장을 해서 나도 따라 했어. 우리는 마치 거울을 보듯 같은 행동을 취했어.

밖으로 나와 보니 모녀는 여전히 일을 하고 있었어. 엄마는 아까 내가 했던 것처럼 엄지손가락을 들어 올리며 물었어. "굿?" 그제야 내가 불상을 보지 못하고 나왔다는 사실을 깨달았어. 잠깐 동안 '다시 올라갔다 올까'라고 생각했으나 그럴 필요 없을 것 같아서 엄지를 치켜들며 말했어. "굿!" 그리고 그 순간 나는 띠보를 떠나기로 마음먹었어.

가방 속 가장 무거운 짐

　　　　　　여기저기 흩어져 있던 짐들을 모아 배낭을
꾸리고 나면 방은 내가 처음 도착했을 때 모습과 비슷해져. 아이 키
만 한 배낭을 보면서 '내가 저걸 메고 어떻게 여기까지 왔지?' 싶지
만 매 순간 배낭의 무게를 느끼며 여행하진 않았던 것 같아.

　무거운 배낭을 보면 인도에서 만났던 집시 여행자가 생각나. 인도
의 한 게스트하우스에 도착했을 때 그 집시가 내 뒤로 다가와 이렇
게 말했어.

　"지금 네가 멘 배낭의 무게가 네 삶의 무게야."

　인도엔 워낙 이런 집시들이 많으니 무시하고 넘겼지만 속으로 '이
정도면 들 만하네'라고 생각했어. 그것은 지금도 마찬가지야. 예전

보다 짐은 더 늘었지만 여전히 이 정도는 들 수 있어.

곰곰이 생각해 보면 현재 내가 지고 있는 짐의 대부분은 과거의 기억이야. 앞으로 기억이 더 쌓일 테니 짐은 늘어날까, 아니면 더 많은 걸 잊으며 살 테니 가벼워질까. 지금은 알 수 없어. 다만 내가 지고 있는 짐이 무엇인지는 알고 있어.

가장 후회스러운 기억이 가장 무겁다고 친다면, 바로 한 순간이 떠올라. 그것은 3년 전 마지막으로 단편영화를 찍었을 때야. 엄마가 아들의 잃어버린 구두를 찾으러 다니는 하루 동안의 이야기였는데, 나는 그 작품이 〈내 친구의 집은 어디인가〉처럼 작은 이야기가 모여 큰 울림을 주는 영화가 됐으면 싶었어.

엄마가 일상에서 만나는 세탁소 아저씨, 말 많은 동네 아주머니, 골목에서 무리 지어 노는 아이들이 구두를 찾는 단서를 주고, 가을이란 계절이 내가 어릴 적부터 살던 동네의 구석구석에서 잘 드러났으면 했어. 아, 그 영화엔 작고 예쁘고 사랑스러운 우리 엄마가 직접 출연하셨어. 다큐멘터리 느낌을 살리고 싶어서 다른 배역 역시 실제 그 직업에 종사하는 이들을 많이 섭외했어.

영화를 찍기 전까진 자신감이 넘쳤어. 스태프로 일하며 잘한다는 소리를 들어왔고 여기저기 부르는 곳도 많았거든. "원진 씨는 언제 본인 영화 찍을 거예요? 기대돼요" 같은 얘기를 한창 들을 때였

지. 너무 자신만만해서 내 작품이 안 되리라고는 아예 생각지 못했나 봐. 그러지 않고서는 감독과 촬영을 같이할 계획은 세우지 않았을 테니까. 그때는 스스로를 특별하다고 여겼기 때문에 뭐든 가능하다고 믿었어.

그러나 막상 촬영을 시작하니 기대처럼 되지 않았어. 일반인 배우들은 통제가 안 됐고, 촬영과 감독을 겸한 나도 통제가 안 됐지. 왜 사람이 극단으로 치달으면 전혀 본 적 없는 모습이 나오기도 하잖아. 그때가 바로 나라는 사람이 밑바닥을 보인 시기였어. 좋은 형이자 오빠였던 나는 어느 순간부터 스태프들에게 별거 아닌 일로 화를 냈고, 촬영하다가 갑자기 울음을 터트리는 날도 있었어. 촬영장에 으레 나타나는 시비 거는 아저씨에게 "그래, 너 잘 만났다"하며 달려들어 싸우기도 했어. 내가 원래 그런 사람이었냐 하면 당연히 아니지. 학창 시절 이후론 누구와 싸워본 적도 없고, 잘 웃고, 자주 즐겁고, 현장에 나가면 "원진 씨는 어떻게 매일 에너지가 넘쳐요?" 같은 말을 들었으니까. 어쨌든 그 모습도 나였어.

그 당시 가장 괴로웠던 기억 하나를 꼽으라면 집에 돌아와 그날 찍은 영상을 확인할 때인데, 한 신의 끝에 "오케이!"를 외치는 내 목소리가 들리거든. 그런데 이게 누가 봐도 오케이가 아닌 거야. 태어나서 영화란 걸 한 번도 본 적 없는 사람이 봐도 고개를 저을 것 같은데 나만 오케이를 외치고 있는 거지. 하지만 누구를 탓하겠어. 분명 내 목소리인걸. 그리고 다음날이면 다시 현장에 나가 화내고 울고 싸우다가 오케이를 외쳤어. 그렇게 작업이 끝났어. 이 점은 참 인생과 닮았는데 엉망으로 살아도 끝은 나듯 영화도 끝이 있어. 이전에 작품을 같이한 감독님께 완성본을 보여드렸고, 그분의 코멘트는 간단했어.

"야, 처음부터 다시 찍어."

이 말은 지금도 내 머릿속에서 생생하게 재생되곤 해. 나는 스스로를 특별하다고 여겼기 때문에 그 일을 시작했고, 그래서 당연히 특별한 영화를 찍을 줄 알았어. 내가 사랑하는 감독들의 영화처럼 아름답고 마술 같으며, 때론 기괴해서 이 세상 것이 아닌 듯한 영상이 내 손에 의해 만들어질 거라 믿었어. 그러나 내가 찍은 영화는 평범했고, 그 일을 하는 사람에게 평범하다는 건 존재할 이유가 없는 거니까.

사실 "야, 처음부터 다시 찍어"는 내가 촬영장에서 스태프들에게 화를 낼 때, 서럽게 울 때, 모르는 아저씨 멱살을 잡았을 때 속으로 되뇌었던 말이기도 해. 결국 그렇게 하지 못했지만. 핑계는 많아. 돈은 한참 전에 바닥났고, 스태프들에게 이미 진상이 됐고, 계절이 중요한 영화였고 등등. 무엇보다 그 과정을 다시 한 번 되풀이한다는 게 두려웠어. 촬영이 진행될수록 나 자신이라고 믿었던 존재는 깨져버렸고, 나는 그 모습을 받아들이지 못했거든. 지금이야 스스로를

'실패한 영화인'이라 부를 만큼의 여력은 있지만 그땐 부족한 나를 인정할 여유조차 없었어.

얼마 뒤 다른 영화에 스태프로 들어갔는데 이상한 일이 생겼어. 현장에만 가면 헛구역질이 나고, 멀쩡했던 피부가 뒤집어지고, 머리에 원형탈모까지 와서 커다란 구멍이 생긴 거야. 몸으로 반응한 마지막 자존심이었던 걸까. 영화가 내 것이 아니란 게, 다른 사람이 그 일을 잘하는 게 못 견디게 괴로웠던 것 같아. 그 뒤로 영화 쪽 일은 하지 않았어. 독립영화라는 틀을 벗어나니 촬영으로 돈을 벌 수 있는 일이 많았고, 통장에 찍힌 액수는 내가 영화를 포기한 대가인 듯했어. 하지만 어떤 날은 마음이 너무 아팠어. 뜬금없이 그런 날들이 찾아오고 또 지나가고…. 그리고 직감했지. 아, 나는 앞으로도 계속 이 짐을 안고 살겠구나.

편한 걸로 따지면 요즘 하는 촬영 일이 영화를 찍을 때보다 훨씬 나아. 성취감도 있어. 여전히 배울 게 많고. 그렇지만 이 일은 꼭 내가 아니어도 돼. 나로서는 이게 가장 괴로운데, 때때로 남이 해도 될 일을 내가 하고 있단 생각이 들어.

내가 이 먼 나라로 무작정 떠나온 이유는 자리에서 벗어나 보지 않으면 영원히 그 상태로 살 것 같았기 때문이야. 그렇게 떠나온 곳이 미얀마인 이유는 좋아하는 작가가 찍은 사진 때문이었어. 아이러니해. 영화를 시작했던 것도 좋아하는 감독들처럼 멋진 영화를 찍고 싶어서였으니까. 어쩌면 나는 또 다른 방법으로 "야, 처음부터 다시 찍어"를 하고 있는지도 몰라.

아까 말했던 인도의 집시 여행자를 카페에서 우연히 다시 만난 적이 있어. 그는 한쪽 어깨에 작은 가방을 메고 있었어. 맥그로드간즈(McLeod Ganj)에 2년간 머물며 게스트하우스 스태프 일도 하고 거리 공연도 한다고 했어. 아마도 한곳에 머물렀기 때문에 그의 짐이 가벼웠을 거야. 가방을 싸는 건 어딘가로 떠나기 위해서고, 무엇인가를 넣는 건 언젠가 사용하기 위해서니까.

마음의 짐도 비슷하리라 생각해. "야, 처음부터 다시 찍어"란 짐도 언젠가는 내려놓을 날이 오지 않을까. 내가 지난해 마지막 날 읽었던 시처럼 "제 등에 진 짐을 / 큰 소리나게 벼락치듯 벼락같이 내려놓고 갈" 날이 오지 않을까. 그래서 띠보를 떠나 다른 도시로 가보려고. 여긴 새벽이고, 내가 탈 버스는 내일 늦은 오후에 출발해.

기억의 지층

수영아. 나는 버스 정류장에서 닝쉐(Nyaung Shwe)로 가는 버스를 기다리고 있어. 정류장 앞에는 막 노을이 지기 시작했어. 보통 때였다면 카메라를 들고 여기저기 뛰어다니겠지만 오늘은 너에게 띠보에서 마지막 편지를 쓰기 위해 정류장에 앉았어. 바람이 선선하니 좋아.

늘 그렇듯 마지막이라 생각하면 많은 것이 다르게 보여. 띠보는 이제 '내 동네'라고 불러도 될 만큼 친숙하지만 막상 떠나는 입장에서 바라보니 새로운 게 많아. 아침마다 산책하던 강가의 물결은 이전보다 훨씬 느리게 흘렀고, 매일 지나던 골목의 담장이 오늘따라 낮아 보였어. 그 담장 뒤에 사람이 산다는 것도 처음 알았어.

　장소를 떠나는 것은 사람과 헤어지는 일과 비슷해서 막상 헤어질 순간이 되니 눈에 더 많은 걸 담고 싶고, 더 가까이 다가가 작은 부분까지 느끼고 싶어져. 평소라면 그냥 지나쳤을 큰 나무도 직접 만져보고 촉감을 마음에 담은 다음에야 걸음을 옮기게 돼.

　오늘은 산책하다가 재밌는 일도 있었는데, 한 골목에서 시작됐어. 작은 차 한 대가 겨우 지나갈 정도로 좁은 골목 양쪽으로 나무가 자라 벽면에 예쁜 그림자를 드리웠고, 바람이 불 때마다 그림자가 사뿐거렸어. 누군가 지나가준다면 괜찮은 사진이 나올 것 같아서 위치를 잡고 기다렸지. 사진을 통해 배운 것 중 하나가 기다림이야. 한 장소에서 오랫동안 카메라를 들고 서 있는 건 지루한 일이지만 여기서 오는 즐거움도 있어. 이 장소만 해도 처음엔 벽면의 그림자만 보이더니 시간이 지나며 벽의 낙서가 눈에 들어오고, 바닥의 쓰레기를 통해 골목을 지나다니는 사람들까지 상상하게 돼.

이렇게 빈 골목에 서 있는 건, 흰 도화지에 무엇을 그릴지 상상하는 일과도 비슷해. '동생 손을 꼭 잡은 아이가 지나가면 어떨까? 둘의 키 차이가 얼마 안 나면 더 따뜻한 사진이 되겠군', '고양이 한 마리가 휙 지나가도 좋겠다. 내가 포커스를 잘 맞춰야 할 텐데', '탁발을 하는 스님 무리가 지나가면 정말정말 행운이겠고. 그럼 그들의 앞모습을 찍어야 할까, 아니면 뒷모습? 뭐가 더 이 골목과 어울릴까?'

상상한 대로 된 적은 한 번도 없지만, 약속 장소에서 좋아하는 사람을 기다릴 때처럼 설레. 그러나 오늘 이 골목에는 30분 동안 새 한 마리 날아오지 않았어. 점점 초조해질 때쯤 멀리서 아이들의 목소리가 들려왔어. 얼마 못 가 목소리는 다시 멀어졌고, 나는 잠깐 망설이다가 목소리가 들리던 곳으로 향했어.

그곳에서는 귀여운 아이가 강아지와 함께 달리고 있었어. 내가 상상했던 모습은 아니지만 예뻤지. 게다가 아이에겐 멋진 모자를 쓴 친구도 있었어. 내가 아이들과 한창 사진을 찍고 있을 때 왼쪽 아이의 아버지가 다가오더니 내 카메라를 가리키며 보여주고 싶은 게 있다고 하셨어. 나는 당연히 따라갔지.

아저씨는 나를 자신의 집으로 데려가셨어. 그 집 거실에는 여러 개의 사진 액자가 한쪽 벽면에 채워져 있었어. 아저씨는 서툰 영어로, "이 애가 내 딸인데 지금은 양곤에서 공부하고 있다"며 자랑하셨어. 또 아내 사진과 자신의 젊은 시절 사진도 보여주며 행복하게 미소를 지으셨어.

이럴 때 보면 기억이란 게 꼭 과거의 것만은 아닌 듯해. 지금의 아저씨 얼굴은 사진 속 젊은이와는 많이 다르지만, 수많은 기억이 지층처럼 쌓여서 하나의 표정이 된 거잖아. 아저씨의 얼굴엔 자신의 젊은 시절도 있고, 아내도 있고, 양곤에서 공부하는 딸도 있겠구나 싶었어. 그래서 아저씨 사진을 찍고 싶어졌어. 언젠가 띠보에 다시 올 기회가 생기면 전해드릴 거야. 거실 벽에 같이 걸면 좋을 것 같아.

아저씨의 표정 때문인지, 어제 쓴 편지가 마음에 걸렸어. 오늘 걸으면서 계속 생각했는데, 내가 영화를 찍던 날들의 기억이 모두 나빴던 건 아니야. 무엇보다 엄마랑 같이 영화를 찍었잖아. 쉽게 할 수 있는 경험은 아니지. 매 장면 찍을 때마다 엄마와 나눴던 대화, 엄마가 하셨던 대사, 그리고 카메라에 찍힌 엄마의 여러 얼굴이 여전히 기억나. 저 아저씨가 사진을 바라볼 때와 같은 표정으로 그 기억을 바라보기도 해.

그 당시 영화를 도와준 이들과 함께한 추억도 그래. 나는 스스로
가 부끄러워서 연락을 끊었는데, 이제 와서 많이 후회돼. 영화란 걸
처음 찍은 건 고등학생 때였어. 반 친구들을 모아 공포영화를 찍겠
다며 동네 산을 전전했지. 사실 영화를 찍는 시간은 잠깐이고 다들
놀기 바빴어. 그렇게 찍은 테이프를 우리 집에 모여 같이 확인했는

데, 아무것도 찍혀 있지 않았어. 밤이라 너무 어두워서 검은 화면만 담긴 거지. 대신 귀신 흉내를 내는 아이들의 목소리만 들어 있었어. 하지만 그땐 아무도 그것을 '실패'라 부르지 않았어. 다들 낄낄 웃으며 지금 나오는 게 누구 목소리인지 찾고, 서로 연기 못한다며 놀리기 바빴지. '영화'란 단어를 떠올리면 제일 먼저 머릿속에 그려지는 게 '검은 화면'이야. 그 화면 안에는 시간을 같이 보낸 친구들과의 추억이 담겨 있고.

영화를 못 찍은 건 언젠가 다시 기회가 올지도 몰라. 그러나 사람 관계는 달라. 한번 인연을 끊고 나면 다시 잇기가 쉽지 않더라. 그러기에 지금 내 앞에 있는 사람들이 소중해. 똑같은 실수를 반복하고 싶진 않아. 띠보에서 만났던 많은 사람들이, 그들과의 추억이 내 안에 지층처럼 쌓여서 어느 순간 하나의 표정으로 드러나리라 예감해. 저 아저씨의 얼굴처럼 말이야.

방금 전에 버스를 탔고 노을이 지나간 거리엔 어둠이 앉았어. 낭쉐에는 내일 새벽 5시에 도착할 예정이야. 숙소를 잡으면 다시 편지 쓸게.

만났던 많은 사람들과의 추억이 내 안에 지층처럼 쌓여서
어느 순간 하나의 표정으로 드러나리라 예감해.
저 아저씨의 얼굴처럼 말이야.

자연스러워지기까지 걸리는 시간

　　　　　수영아. 무려 12시간 동안 버스를 타고 낭
쉐에 도착했어. 띠보에서 낭쉐까지 거리는 서울–부산과 비슷하지만
산 주의 도로 상황이 좋지 않고, 대부분 고산지대의 험난한 길이라
훨씬 오래 걸렸어.

　내가 머무는 '인레 호수' 역시 해발 800미터가 넘는 곳에 위치해
있어. 산속에 있는 호수란 점에서 우리나라 '산정호수'와 비슷하지
만, 산정호수가 인공 호수인 데 비해 이곳은 자연적으로 만들어진
호수야. 그러니까 산속에 물이 고이고 호수 형태를 띠기까지 상상하
기 힘들 만큼 긴 시간이 지난 거지.

　이렇게 상상하기 힘든 것을 상상할 때 느껴지는 아뜩함이 있잖아.

거대한 시간의 크기가 온몸을 누르면서 내가 티끌처럼 느껴지기도 하고, 또 나란 존재도 그처럼 긴 시간을 거쳐 태어난 게 아닐까 하는, 막연하고 신비한 감정. 그런 까닭에 '자연스럽다'라는 말은 '충분한 시간을 거쳤다'로 읽히기도 해. 봄이 가면 여름이 오는 일, 아이가 엄마 뱃속에서 10개월을 보내는 일, 사람이 늙는 일 모두 우리가 자연스럽게 여기는 일이고, 그 안에는 겪어야 할 '시간'이 있잖아.

　사진도 그래. 내가 누군가를 찍어야겠다고 느낄 땐 그 대상이 가장 자연스러운 모습인 경우가 많거든. 아까 산책을 하다가 밭에서 만난 부부도 그랬어. 두 사람은 별다른 대화 없이 밭에 모종을 심고 있었는데 일부러 맞추기라도 한 듯 같은 보폭, 같은 속도로 움직였어. 허리를 굽혔다 펴고 다시 앞으로 나가는 모습이 하나의 리듬처럼 느껴졌어. 같은 모양의 음표처럼 보이기도 했고. 같이 살면 닮는다는 말이 꼭 얼굴만 가리키는 건 아니잖아. 서로를 바라보고, 배우고, 또 맞춰가면서 모든 면에서 조금씩 비슷해지는 것 같아. 물론 여기에도 긴 시간이 필요하겠지.

이곳에 온 지 하루도 채 되지 않았는데 벌써 1천 장이 넘는 사진을 찍었어. 그중에서 자연스럽다고 부를 만한 사진은 몇 장 되지 않아. 누군가를 찍는 건 늘 어려운 일이고 자연스러운 순간을 담는 건 더더욱 어려워. 그나마 내가 아는 방법은 상대방과 최대한 많은 시간을 보내는 거야. 다가가서 괜히 이것저것 물어보고, 경계를 풀게끔 낮은 자세를 취하기도 하고. 어떨 땐 상대방이 하는 일을 똑같이 따라 하기도 해. 무엇보다 상대방의 일에 대해 아낌없이 존경심을 표해. 그게 모종을 심는 일이건, 물고기를 잡는 일이건 상관없이 말이야.

안타깝게도 이런다고 해서 모두 사진으로 남길 수 있는 건 아니야. 모종 심는 부부만 해도 결국 사진 촬영을 거절했으니까. 솔직히 나는 이 부분에서 많이 부족해. 내가 생각하는 프로의 모습은 멋지게 다가가 "안녕하십니까, 아주 멋지시군요. 사진 좀 찍어도 되겠습니까?"라고 당당히 말하는 것인데, 현실의 나는 먼발치에서 한참을 바라보다 쭈뼛쭈뼛 걸어가 겨우 말을 걸거든. 아마도 이건 내가 사진과 보낸 시간이 부족한 탓일 거야. 프로인 척 과장되게 행동하는 건 더 부자연스럽기 때문에, 나는 부족하더라도 이 모습을 유지하고 있어. 이런 모습도 쌓이다 보면 더 나아지리란 기대도 있고.

그래도 오늘은 운 좋게 마음에 드는 사진을 한 장 찍었어. 이 사진에서 내가 무언가를 연출한 건 없어. 안정된 삼각형 모양으로 서달라고 부탁하지도 않았고, 각자 다른 행동을 취해달라고 말하지도 않았어. 그저 운 좋게 이런 모습이 찍힌 거야. 이렇게 마음에 드는 사진이 생기면 잠들 때까지 계속 보게 돼. 그러면서 내일도 이런 사진을 딱 한 장만 더 찍을 수 있길 소망해. 이왕이면 운이 아니라 실력으로 말이야.

내일은 자전거를 빌려서 호수를 둘러볼 예정이야.

내일도 이런 사진을
딱 한 장만 더 찍을 수 있길 소망해.

4천 분의 1

　　　　　내가 사진을 못 찍는 건 운이 없어서일까, 실력이 부족해서일까. 이유는 정확히 모르겠지만 오늘은 괜찮은 사진을 한 장도 찍지 못했어. 3,891장. 오늘 내가 찍은 사진의 장수야. 이런 날은 기분이 바닥까지 가라앉아.

　오늘 여행이 나쁘진 않았어. 좋은 사람들을 여러 명 만났고 도움도 받았어. 원래 그 이야기를 편지에 쓰고 싶었는데, 막상 숙소로 돌아와 사진을 확인해 보니 좋았던 기억들이 다 의미 없어졌어. 고작 사진 몇 장으로 하루의 의미가 뒤바뀌는 게 어이없지만 어쩌겠어. 내 마음의 비중은 이쪽이 더 큰걸. 사진과 나를 동일시하는 게 문제란 생각도 들어. 하지만 현시점에서 나란 존재의 가치를 증명할 방법은 이것밖에 없고, 그래서 점점 더 매달리게 돼.

사람을 미치게 만드는 건 처음부터 안 되는 게 아니라 왠지 될 것 같은데 안 될 때야. 불가능한 일이면 진즉 포기할 텐데 이 일은 왠지 될 것 같거든. 정말로 될 것 같아. 이 자리에서 조금만 더 기다리면 좋은 사진이 나올 것 같고, 눈앞에 있는 사람을 다른 배경으로 살짝만 옮기면 더 잘 드러낼 수 있을 것 같고. 그런데 내 마음속에서 그린 이미지와 현실의 이미지는 미세하게 달라. 그 미세한 차이가 나를 괴롭히고. 기계 탓하는 게 가장 바보짓인 걸 알지만, 내 카메라에는 결정적인 순간마다 초점이 나가는 기능이라도 있는지, 마음에 든다 싶어 확대해 보면 어김없이 초점이 나가 있어.

수영아. 너는 '운'을 믿어? 보통 하루에 1천 장 정도의 사진을 찍거든. 운이 좋으면 그중 괜찮은 게 한 장은 나와. 그러나 오늘은 그네 배 가까이 찍었는데도 좋은 사진을 건지지 못했어. 내가 운이 없기 때문인 걸까.

나는 '1천 분의 1'이란 확률을 '1천 분의 3'이나 '1천 분의 5'로 올리기를 원하는 게 아니야. 날마다 꾸준히 한 장의 좋은 사진을 남기고 싶어. 하루에 딱 한 장이면 돼. 그러면 더 이상 '운'이라 부르지 않아도 될 테니까. 진심으로 이 부분에서 운이 좋은 사람이 되고 싶지 않아. 운이라 부르는 순간 다른 무언가의 영향을 받는 기분이 들거든. 나는 '실력'을 원해.

"운이 좋았어요."

이 말을 입 밖으로 낼 수 있는 사람들은 하나같이 이미 실력을 갖춘 이들이야. "제가 잘해서 그랬어요"라고 말할 수 없을 때 운은 좋은 변명거리거든. 나는 예술 작업에서 운은 없다고 생각해. 물론 시대적인 운도 있고, 같이 작업하는 사람들의 운도 필요하지만 그 밑바탕은 결국 실력이고 노력이야.

같은 의미에서 나는 재능에도 의지하지 않아. 영화 일을 할 때 스스로를 재능 있는 사람이라 생각했지만 결과는 너도 알잖아. 오히려 아예 재능이 없다고 생각하고 사는 게 편해. 그러면 100장 찍을 걸 1천 장 찍게 되거든. 많이 찍는다고 좋은 사진이 나오는 건 아니지만 적어도 내가 이 일을 위해 애쓰고 있다는 느낌이 들고 안도감이 생겨. 좌우, 앞뒤, 위아래, 찍을 수 있는 모든 자리에서 셔터를 누른 다음에야 다음 장소로 넘어가게 돼. 무식한 방법인 거 알아. 그렇지만 무식한 게 나쁜 건 아니잖아.

미얀마에 오기 몇 달 전, 한 기업이 후원하는 아이들 행사를 촬영한 적이 있어. 마술사가 와서 이벤트를 했는데, 아이들 눈높이에 맞춰 몇 가지 마술을 보여줬어. 내가 감동받은 건 빈손에서 장미꽃이 피어나는 마술이었어. 마술사의 손짓은 정말 우아했어. 부드럽게 손바닥을 접었다 펼 때마다 장미꽃이 나타났다가 금세 사라졌어. 단순하지만 아름다웠지.

　나는 결국 마술사의 트릭을 찍지 못했어. 4천 분의 1초까지 찍을
수 있는 카메라보다 그의 손이 더 빠르게 움직인 거지. 그렇게 우아
한 손짓이었는데 말이야. 나는 사진을 찍을 때, 내가 과하게 많이 찍
고 있다고 느낄 때 그 마술사를 떠올려. 그가 손에서 꽃을 피우기 위
해 얼마나 많은 헛손짓을 했을지 생각해.

　내가 사진을 못 찍는 건 운이 없거나 재능이 없어서가 아니라 그
저 실력이 부족해서라고 믿고 싶어. 이러는 편이 위안이 돼. 다른 두
가지는 내 뜻대로 할 수 없지만 실력은 오로지 내 몫이니까.

브레멘 음악대

　　　　　사람은 자신이 사는 환경의 영향을 받아.
하루 종일 컴퓨터 앞에 앉아 업무를 보는 회사원과 종일 흙을 밟고
서 있는 농부는 모습이 다르지. 피부의 빛깔부터 시작해 옷차림, 주
름과 근육까지.

　낭쉐에 사는 사람들 역시 마찬가지야. 이곳에 오기 전까지 내가
기대한 모습은 호수처럼 편안한 결을 가진 사람들이었는데, 막상 와
서 보니 꼭 그렇진 않았어. 새벽 5시에 버스에서 내려 잠도 덜 깬 나
에게 제일 먼저 말을 시킨 이는 '보트 호객꾼'이었으니까. 이것은 관
광지의 숙명이야. 경관이 아름다우면 사람들이 몰리게 되어 있고,
사람들이 몰린다는 건 돈이 돈다는 뜻이기도 해.

낭쉐는 원래 인레 호수를 중심으로 어업과 밭농사가 발달한 곳이었지만 관광객들이 찾아오면서 자연스레 숙박업과 음식점, 보트 투어 같은 서비스업이 주가 됐어. 지역 주민들도 거기에 맞는 모습으로 바뀌었고.

길거리를 걸으면 10초에 한 번씩 보트 호객꾼을 만나게 되는데, 미얀마에서 가장 능글맞은 사람들을 뽑아 세워뒀다고 생각하면 돼. 하나같이 느끼한 미소를 띤 채 접근해서 보트 값을 흥정해. 우리 돈으로 2~3만 원이면 아침부터 해 질 녘까지 보트를 빌릴 수 있어. 미얀마인들의 하루 평균임금이 3천 원 미만인 걸 감안하면 큰돈이지. 나도 이곳에 보트 투어를 하러 왔으니 뭐라 할 입장은 못 돼. 다만 내가 원하는 맑은 미소의 사람들을 만날 수 없어서 아쉬워.

하지만 호수가 있는 북쪽 대신 남쪽으로 조금만 이동하면 맑은 미소를 띤 미얀마인들을 만날 수 있어. 그래서 어제부터 계속 자전거를 타고 남쪽을 여행하는 중이야. 남쪽은 특히 사탕수수를 재배하는 곳이 많아. 아주 넓은 사탕수수 밭이 끝없이 펼쳐져 있어. 사탕수수 밭 사이사이로 일하는 사람들이 보이는데, 멀리선 여러 색깔의 점 같다가 가까이 다가가면 어김없이 예쁘게들 웃고 있어.

오늘은 특별히 여행을 같이한 친구들이 있었어. 이 친구들을 만난 건 막다른 길에서였어. 사진을 찍다 보니 나도 모르게 밭의 깊숙한 곳까지 들어가버렸고, 결국 자전거에서 내려 끌고 다녀야 했어. 들어온 길을 찾지 못해 헤매는데 멀리 2층 집이 보이더라고. 집이 있으면 당연히 출구도 있겠지 싶어서 그쪽으로 갔어. 그곳에는 세 명의 아이들이 있었어. 한 명은 2층 창문에서 나를 내려다봤고 두 명은 집 앞에서 놀고 있었어.

아이들은 내가 자전거를 끌고 집 앞을 지나가자 키득키득 웃으며 "노!"라고 외쳤어. 내가 "왓?"이라고 되묻자 손가락으로 엑스 표시를 하며 길이 없다고 알려줬어. 나는 이미 너무 오래 헤매서 지쳐 있었고, 아이들은 그런 내 모습이 우스운지 키득거리다가 2층 아이의 선창으로 노래를 시작했어. 미얀마 말이라 뜻은 몰라도 느낌상 나를 놀리는 노래란 건 알 수 있었어. "길 없는데~ 길 없는데~ 바보래요 ~ 바보래요~" 이런 식이었거든. 왜 동네마다 바보 형 하나씩 있잖아. 딱 그 형에게 불러줄 법한 노래였어.

좀 성질이 났지만 화내는 것도 우습고 어쨌든 길이 없다니 되돌아 나가는데, 뒤에서 노랫소리가 다시 들리는 거야. '이 녀석들 너무하네' 싶어서 최대한 무서운 표정으로 돌아봤지. 아이들은 조금도 무섭지 않다는 듯 웃으며 다가와서는 자기네를 따라오라고 했어.

이렇게 해서 자전거를 끌고 다니는 바보 형과 꼬마 셋이 같이 걷게 됐어. 가는 길은 정말 상상을 초월했어. 논밭을 가로지르는 건 기본이고, 사람 한 명이 겨우 지날 법한 나무다리를 건너기도 했어. 아이들은 내가 자전거를 들고 안전하게 건널 때까지 다 지켜본 다음에야 다시 앞장서서 걸었어.

좁은 길이 나오면 한 명씩 나란히 걸었고, 자전거가 얕은 도랑에 빠지면 아이들은 일렬로 서서 키득키득 웃으며 바라봤어. 내가 겨우 자전거를 끌어올리자 아이들은 아까 그 노래를 다시 불렀어. 나도 자포자기해서 '그래 실컷 불러라' 하는 심정이었지. 사실 아이들이 길 안내에 나서준 순간부터 그 노래를 들어도 기분 나쁘지 않았어. 오히려 친구로 대해준다는 게 고마웠어.

일렬로 걷다 보니 〈브레멘 음악대〉가 생각나더라. 딱 네 명이기도 했고. 맨 앞의 목소리가 제일 큰 아이는 수탉을 닮았고, 가장 어린아이는 강아지, 여자아이는 고양이 같았어. 나는 두말할 것 없이 당나귀고. 〈브레멘 음악대〉가 해피엔딩이라는 사실을 떠올리다가 문득 '지금 이 순간이 행복이구나' 싶었어.

아이들의 생기 넘치는 걸음걸이와 진한 햇살, 땀이 마르며 느껴지는 시원한 바람의 감촉…. 옆으로는 푸른 논밭이 부드럽게 흔들렸고, 자전거는 노래에 박자를 맞추듯 한 바퀴 구를 때마다 삐그덕 소리를 냈어. 가능하다면 그 순간을 오려 배낭이건, 주머니건, 기억 속이건 늘 넣고 다니고 싶었어. 앞에 '행복한 기억'이라고 크게 써서 말이야.

큰길에 도착한 뒤 아이들과 나는 서로 보이지 않을 때까지 손을 흔들고 헤어졌어.

<브레멘 음악대>가 해피엔딩이라는 사실을 떠올리다가
문득 '지금 이 순간이 행복이구나' 싶었어.

그 아이들을 포함해 오늘도 많은 사진을 찍었어. 미얀마 여행 초
반엔 이처럼 많이 찍겠단 생각은 없었거든. 그저 카메라를 가져왔으
니 찍은 거였지. 하지만 이제는 내일을 준비할 때, '어디로 갈까'가
아니라 '어떤 사진을 찍을 수 있을까'부터 생각해. 이게 잘하는 것인
지는 몰라도 어떤 일에 몰입하는 느낌은 좋아. 사진을 찍다 보면 아

주 가끔 내가 누군지 완전히 잊어버리는 순간이 오거든.

어제 내가 편지로, 누군가를 찍을 때 모든 방향에서 셔터를 눌러야만 마음이 놓인다고 했잖아. 그 이유는 방향을 바꾸면 인물이 정말 달라 보일 때가 있기 때문이야. 어떤 이는 뒷모습이 더 많은 얘기를 들려주기도 하고, 어떤 이는 옆모습이 가장 아름답기도 해.

나라는 사람도 마찬가지란 생각이 들어. 요 몇 년간 스스로를 '실패한 영화인'이라 불러왔지만, 어쩌면 그것은 한쪽 방향에서만 본 내 모습이 아닐까? 만약 각도를 조금 틀면 나도 다르게 보이지 않을까? 한 걸음 물러나면 내 얼굴도 조금 괜찮게 보이지 않을까?

내일은 드디어 배를 타고 인레 호수로 나갈 예정이야. 그 호수엔 이미 유명한 사진작가가 많이 다녀갔고, 인스타그램이나 플리커 같은 데도 좋은 사진이 넘쳐나서 조금 긴장이 돼. 나는 진심으로 그들보다 더 나은 사진을 찍고 싶거든. 어려운 일인 건 알지만 그럼에도 꼭 한 번 해보고 싶어. 내가 이 일을 잘하는 사람이면 좋겠어.

사진, 영화 그리고 나

　　6시 45분, 보트 기사와 약속한 시간에 맞춰 선착장에 도착했어. 사실 이 지역은 보트만 댈 수 있으면 모두 선착장이라, 정확히는 보트 기사의 집 앞 호숫가에 도착했어. 서울에 사는 많은 사람들이 자가용을 가지고 있듯, 낭쉐에 사는 많은 이들은 자기 보트를 가지고 있어. 낭쉐 사람들은 어릴 때부터 보트 운전과 낚시하는 법을 배운다고 해. 자연스럽게 환경에 맞춰 사는 거지.

　보트 앞에서 기다리고 있자니 기사 아저씨가 과하게 두툼한 옷을 입고 걸어왔어. 뒤로는 아내와 어린아이 둘이 잠옷 차림으로 따라왔고. 보트 기사는 아내와 아이들을 차례대로 껴안아줬는데, 그 모습을 보니 괜히 안심이 됐어. 어쨌든 오늘 하루는 그와 한 배를 탄 사이고 이왕이면 다정한 사람이 좋으니까.

　기사 아저씨를 만나기까지 조금 과장해서 50명 정도의 보트 투어 호객꾼을 만났어. 나중엔 같은 사람을 또 만나기도 했어. 그럴 수밖에 없는 게 식당을 가도 보트 호객꾼이 있고, 심지어 숙소까지 찾아와 호객 행위를 해. 이러다간 정말 못 고르겠다 싶어서 나름대로 기준을 정했어.

　첫 번째는 '꽁야'를 하지 않을 것. 꽁야는 일종의 입담배로, 약한 환각 작용을 일으켜. 만약 미얀마에 관련된 다큐멘터리를 봤다면 남자들이 이것을 씹다가 핏물 비슷한 걸 뱉는 모습을 봤을 거야. 꽁야를 과하게 하는 이들은 하나같이 약에 취한 듯 눈이 풀려 있어. 그런 사람과 호수 한복판에 단둘이 있고 싶진 않았어. 이 기준만 적용해도 절반 이상이 떨어져 나가. 두 번째는 '인데인 마을'까지 갈 것. 이 마을은 호수 끝 지점에 있는데 1천 개가 넘는 불탑으로 유명해. 나는 돈을 더 내더라도 인데인 마을까지 가는 보트를 원했어. 마지막으로는 사진 찍을 시간을 충분히 줄 것. 이렇게 고르고 고른 사람이 '잉와이'란 이름의 보트 기사야.

　보트 위는 몹시 추웠어. 호숫가라 아침 기온이 낮은 데다 보트의 빠른 속도까지 더해지니 더 춥게 느껴졌어. 그제야 잉와이가 왜 혹한기 훈련에 나갈 법한 복장으로 나타났는지 이해가 됐지. 좁은 강을 따라 쭉 달리다 보면 인레 호수를 알리는 커다란 표지판이 보이고 이어서 넓은 호수가 펼쳐져. 그 순간 여행자들을 태운 수십 대의 보트가 호수 위로 쫙 퍼지는데, 보트에 탄 사람들은 하나같이 추워서 몸을 웅크린 채 고개를 푹 숙이고 있었어.

그때까지만 해도 나는 정신이 멍했어. 어젯밤 잠을 거의 못 잤거든. 여행 와서 악몽은 많이 꿔도 잠을 못 잔 날은 없었는데, 어제는 날씨부터 시작해서 어떻게 사진을 찍을지, 렌즈는 뭘 가져갈지, 배터리는 완충됐는지 같은 걱정이 쌓이고 쌓이다가 선잠만 겨우 들었어. 다른 생각에 몰두하다 보면 극장 꿈은 안 꾸게 돼(실제로 띠보 이후 극장 꿈은 꾸지 않았어). 그렇게 멍한 상태로 있다가 나도 모르게 소리치며 벌떡 일어났어. 정말 한마디면 됐어.

"우와!"

인레 호수는 마치 커다란 거울 같았어. 막 파란빛을 띠기 시작한 하늘이 호수 표면에 그대로 반사되어 하늘 색이 곧 호수 색이었고, 하늘에 구름이 떠 있으면 호수 위에도 구름이 떠 있었어. 보트가 그 구름 위로 지나가면 파랗고 흰 물결이 생선 비늘처럼 반짝거렸어. 먼 곳을 바라보면 호수와 하늘의 경계가 희미했고, 보트는 계속 희미한 방향으로 달려갔어. 인레 호수는 추위를 잊게 할 만큼 아름다웠어. 그제야 잠에서 깨는 느낌이 들더라.

한참을 달리다가 잉와이가 갑자기 보트를 멈춰 세웠어. 내가 "왜 멈춰요?"라고 물으니 그는 우리가 지나온 쪽을 손가락으로 가리키

하늘이 호수 표면에 그대로 반사되어
하늘 색이 곧 호수 색이었고, 하늘에 구름이 떠 있으면
호수 위에도 구름이 떠 있었어.

며 짧게 말했어. "굿!" 내가 앞만 보고 가니까 뒤쪽 풍경도 보여주고 싶었나 봐. 나는 잉와이가 가리킨 방향을 향해 사진을 찍으며 그와 좋은 친구가 될 수 있겠구나 싶었어.

이후의 보트 투어는 패키지여행과 비슷했어. '모닝마켓'을 시작으로 은세공 공장, 실크 공장, 담배 공장 등을 차례로 방문했어. 공장의 물건보다 거기서 일하는 사람들에게 더 눈이 갔어. 더구나 오늘은 미얀마의 독립기념일 전날이라, 방문하는 곳마다 축제 분위기였고 모두들 들뜬 표정이었어.

공장에 도착하면 다른 보트 기사들은 휴게소에 모여 수다를 떠는 반면 잉와이는 매 장소마다 나를 졸졸 따라다녔어. 내가 물건을 사길 바라는 마음도 있겠지만 나에게 호기심도 있어 보였어. 아마 내가 이곳 사람들에게 갖는 마음과 비슷하지 않을까. 잉와이는 내가, 자신이 처음으로 만난 '포토그래퍼'라고 했어. "난 아직 포토그래퍼가 아니에요"라고 말하고 싶었지만 웃어넘겼지. 대신 이렇게 대답했어.

"당신은 내가 인레에서 만난 50번째 보트 기사예요."

이 말을 하면서 '사진 찍는 일'이, 정말 내 직업이 된다면 어떨까 생각했어.

사실 이런 생각을 하면 가슴이 뛰어. 잠이 많은 나를 새벽같이 일어나게 하고, 사교성이 부족한 나를 모르는 사람에게 먼저 다가가 말 걸게 하지. 때로는 누군가를 찍기 위해 비굴해지기도 해. 보통은 한 번 거절당하면 바로 돌아서지만 너무 좋은 장면 앞에 서면 그게 안 될 때가 있거든. 그게 안 될 때, 비굴하게라도 사진 한 장을 찍고 싶을 때, 내가 이 일을 좋아한다는 걸 느껴.

하지만 한편으로는 여전히 두려워. 괜한 일을 또 벌여서 실패라는 마침표를 하나 더 찍는 건 아닐까 싶고. 게다가 '서울로 돌아가서 이 일로 돈을 벌 수 있을까?'라고 생각하면 마음이 답답해져. 이전엔 해본 적 없는 고민인데, 요즘은 사진 찍는 일이 좋아지면서 자주 생각하게 돼. 결국 직업이 되려면 돈도 따라와야 하니까.

잉와이는 이런 내 마음을 아랑곳하지 않고 새로운 공장에 들어갈 때마다 나를 "한국에서 온 포토그래퍼"라고 소개했어. 그러고는 사람들에게 포즈를 취하게 시켰어. 잉와이가 그렇게 설쳐대고 나면 공장 사람들은 하나같이 경직돼서 어색한 포즈를 취했지. 나는 그 사진들을 못 쓸 거라 예감하면서도 잉와이가 좋았어.

몇 군데 가게를 돌고 나서 다시 한참 동안 배를 탄 뒤 인데인 마을에 도착했어. 점심을 먹은 뒤 잉와이는 보트에서 낮잠을 자기로 했고 나는 파고다로 갔어. 그러나 막상 파고다엔 딱히 볼 게 없었어. 이곳에 오려고 투어 금액의 반 정도를 더 냈는데 금액에 비해 너무 아쉬웠지. 탑들은 거의 다 부서져 있었고, 파고다까지 가는 길엔 사람들이 많았던 반면 정작 파고다 쪽엔 아무도 없었어. 결국 나는 몇 장의 사진만 찍고 내려왔어.

이때부터 초조해졌어. 원래 계획대로라면 그곳에서 '오늘의 한 장'이라 부를 만한 좋은 사진을 찍었어야 했거든. 그렇지만 예상은 빗나갔고, 나는 엊그제처럼 갑자기 기분이 바닥까지 가라앉았어. 이제 남은 거라곤 돌아가는 길에 찍을 호수 사진뿐이었어. 불안해진 나는 눈앞에 보이는 모든 것을 향해 셔터를 눌러대기 시작했어.

잉와이는 고맙게도 내게 잘 맞춰줬어. 보트를 멈춰달라고 하면 멈춰줬고, 어느 방향으로 더 가달라고 하면 그렇게 해줬어. 해 지는 시간에 맞춰 어부들 몇이 고기를 잡으러 나왔고, 나는 잉와이에게 그중 한 어부 쪽으로 계속 다가가달라고 부탁했어. 나는 원래 노을이 지는 타이밍에 사진 찍기를 좋아하지만 그 순간엔 오히려 화가 났어. 더 이상 시간이 없는 것처럼 느껴졌거든.

마음속의 화가 점점 더 커지며 나도 모르게 욕이 튀어나왔어. 스스로도 이상했지만 멈출 수 없었고, 그 상황에서도 뷰파인더에서 눈을 떼지 못했어. 아마 너는 이런 나를 이해하지 못할 거야. 하지만 어떤 일에 실패해 본 적이 있는 사람, 또 그게 마음에 상처로 남은 사람은 알지도 몰라. 실은 두려운 거거든. 그리고 그 두려움을 어떻게든 해소하려는 거고. 어린아이 같은 짓이지만.

셔터를 누르고 있다가 갑자기 "쿵!" 소리가 나면서 뒤로 넘어졌어. 우리 배와 고기잡이배가 부딪쳤던 거야. 상대편 어부는 잉와이와 짧게 이야기를 나누고 배를 살피더니 이상이 없는 걸 확인하고 떠났어. 잉와이는 내게 괜찮냐고 물으며 미안하다고 했지만 그가 미안해할 일이 아니었어. 계속 "더 가까이!"를 외친 건 나였으니까.

고기잡이배가 멀어져 가는 호수 쪽으로 노을이 번지기 시작했어. 나는 그 아름다운 빛을 바라보면서도 더 이상 사진을 찍지 않았어. 뭔가 잘못됐다는 걸 느꼈거든. 편지를 쓰는 지금은 어느 정도 정리가 된 상태지만 그 순간엔 그저 사진을 찍으면 안 되겠다 싶었고, 노을이 다 지고 어두워질 때까지 묵묵히 지켜보기만 했어.

그때 내가 셔터를 몇 번 더 눌렀다면 더 아름다운 장면을 찍었을지도 몰라. 그러나 그 사진이 좋다 한들, 욕을 하고 화를 내면서, 지금 내 눈앞에 뭐가 있는지 제대로 보지 못한 채 찍은 사진이 과연 의미가 있을까?

또 한 가지 마음에 걸리는 일은 언제부터인지 나와 사진을 동일시하고 있다는 거야. 사실 이것은 결과물이 좋을 때 시작된 버릇인데, 좋은 사진을 찍고 나면 왠지 나도 괜찮은 사람처럼 느껴졌어. 그래서 더 열심히 찍었던 것 같아. 반대로 그러지 못할 땐 내가 별 볼일 없는 사람처럼 느껴졌고, 아까처럼 감당할 수 없이 화가 나기도 했어.

그렇다면 나를 사진과 분리시키고 나면 어떻게 되는 걸까? 이 질문은 필연적으로 또 다른 질문으로 연결됐어. 나를 영화와 분리시키고 나면 어떻게 되는 걸까? 이것은 영화를 그만둔 후 처음 해보는 질문이었어. 그리고 무엇보다 더 이상 스스로를 '실패한 영화인'이라 부르지 않아도 된다는 의미기도 했고. 만약 분리할 수 있다면 나는 영화와 무관하게 나일 뿐이니까.

새로운 이름은

오랜만에 늦잠을 잤어. 부지런해서 기쁜 날
이 있고, 게을러서 기쁜 날이 있는데 오늘은 후자야. 11시 넘어 일어
났지만 기분이 좋았고, 몸도 가벼웠어. 어제 잠들기 전에 나도 모르게
"이제 한시름 놓자"라고 중얼거렸거든. 오전에 일어나 티셔츠와 속옷
을 빨다가 문득 그 말을 했던 게 떠올랐어. '시름'이란 단어는 그 뒤에
오는 동사로 볼 때(시름을 덜다, 시름을 놓다, 시름시름 앓다), 옛날 사람들이
스트레스, 트라우마 같은 마음의 병을 일컫던 말이 아니었을까.

테라스에 빨래를 널고 나서 따뜻한 믹스커피를 마시며 어제 적다
만 일기를 마저 썼어. 테라스에 나가 아래로 지나가는 사람들도 구
경했고. 오늘 도착한 여행자 무리와 인사를 나누고 같이 담배도 피

윘어. 그들이 모두 나간 뒤 테라스는 다시 조용해졌고. 나는 테라스의 작은 나무 의자에 앉아 따뜻한 햇살을 받으며 눈을 감았다 떴다 반복했어.

숙소 앞에 넓은 초원이 펼쳐져 있고 그 한가운데 파고다가 보였어. 오늘은 거기까지 산책하려고 밖으로 나왔어. 보통 때와 다른 점이라면 어깨에 카메라를 메지 않았다는 거야. 맞아, 오늘은 카메라 없이 여행한 첫 번째 날이야.

파고다는 숙소에서 볼 땐 멀지 않아 보였는데, 바로 가는 길이 없어서 조금 돌아가야 했어. 가는 길에 마주쳤던 몇몇 장면, 이를테면 버려진 상자 안에서 몸을 웅크린 채 자고 있던 고양이, 배가 많이 나온 아빠와 볼살 통통한 딸이 손잡고 가던 모습, 걸쇠가 떨어져 나간 대문 등, 만약 카메라가 있었다면 당연히 찍었을 장면을 오늘은 그저 바라보기만 했어. 그렇게 지나치면서 '만약 이 장면을 사진으로 남긴다면 어떤 의미가 있을까?'라는 생각도 했어.

파고다는 멀리서 보던 것과는 많이 달랐어. 반 이상 무너져 있었고, 오랫동안 사람의 발길이 닿지 않은 듯 입구가 수풀로 뒤덮여 있었어. 무너진 탑과 탑 사이로는 나무가 자라나서 마치 뱀처럼 탑을 휘감았고. 나무의 크기로 보아 탑이 원래 모습이었을 때부터 있던 게 아닐까 싶어. 나무 옆으로는 벽돌 조각이 쓰레기 더미처럼 쌓여 있는데 그 자체가 작은 탑처럼 보였어.

남은 탑의 잔재로 유추해 볼 때 원래는 세 개의 파고다가 있었던 것 같아. 그나마 하나는 모양이 남아 있고 입구 역시 무너지지 않아서 안으로 들어가 보았어. 폐허 같은 외관과는 다르게 내부는 원래의 모습을 유지하고 있더라. 사람 서넛이 들어가면 가득 찰 만큼 좁고 오직 불상 하나만 놓여 있었어. 팔과 얼굴이 떨어져 나가고 몸통만 남아 있는 불상.

그 앞에 선 순간 마음이 가라앉으며 잠시 어제의 내 모습을 돌아보게 되더라.

어제 내가 탔던 배와 고기잡이배가 "쿵" 하고 부딪친 뒤에야 카메라에서 눈을 떼고 호수를 바라봤어. 그전까지 호수는 오직 사진을 찍는 대상이었지만 카메라를 내리고 나니 호수 자체로 보이더라. 아름다웠어. 문득 나도 그렇게 봐줘야 하는 게 아닐까 싶었어. 나는 늘 호칭과 이름표가 필요했거든. 어쩌면 '실패한 영화인'이라는 것도 내가 붙잡고 있던 이름표란 생각이 들었어. 그거라도 있어야 내가 존재하는 것 같았으니까.

그래서 어제 잠들기 전 내가 달고 있던 이름표를 모두 떼어봤어. 아무 이름으로도 불리지 않는다는 게 어색했지만, 그래도 나라는 사실은 변함없었어. 마음속으로 '꼭 어떤 모습이 되지 않아도 괜찮아'라고 얘기했어. 그 말을 하고 나자 마음의 아주 먼 구석 자리부터 따뜻해지더라. 그리고 나도 모르게 "이제 한시름 놓자"라고 혼잣말을 했던 거야.

그동안 미얀마를 여행하며 다양한 불상을 봤어. 온몸에 금장을 두른 불상, 귀여운 표정을 짓고 있는 불상, 이렇게 몸통만 남은 불상까지. 생김새와 모양은 달라도 '부처님'을 형상화했다는 점에서는 마찬가지일 거야. 그래서인지 눈앞의 불상을 보고 있으니 마음이 편안해졌어. 나 역시 어떤 모습이어도 괜찮다고, '실패한 영화인' 말고 다른 이름을 얼마든지 가질 수 있다고 말해 주는 것 같았거든. 나는 부처님 앞에서 합장을 하고 밖으로 나왔어.

세 가지 소원

　　　　　　　수영아. 초등학생 때 디즈니에서 만든 애니메이션 〈알라딘〉을 봤거든. 그 작품을 보고 나서 엄마에게 "근데 왜 램프의 요정은 소원을 세 가지만 들어줘? 원하는 개수만큼 들어주면 안 돼?"라고 여쭤봤던 기억이 나. 그때 엄마는 이렇게 말씀하셨어.

"다 들어주면 네가 할 일이 없잖아."

나는 그 말뜻이 이해가 안 돼서 엄마 얼굴을 다시 쳐다봤고, 엄마는 웃으면서 덧붙이셨어.

"다 들어주면 엄마가 해줄 일도 없고."

어린 나는 앞의 말은 싹 잊고 '엄마는 내게 지니 같은 존재구나'라고만 생각했지. 실제로도 엄마는 그런 분이었어. 심지어 소원의 개

174

소원을 빈다는 것은 전지전능한 존재에게
무언가를 부탁하는 게 아니라, 나 스스로에게
'그 일을 잘 해낼 수 있는지' 묻는 일이었어.

수 제한이 없는 지니였지. 내가 엄마께 무엇을 해드릴 수 있을지 생각할 나이가 되어서야 엄마가 앞서 하셨던 말씀을 되새기곤 해. '내가 할 일.'

양곤에서 큰 칠판에 소원을 적어주는 할아버지를 만났을 때도 그랬고, 새해 첫날 일기장에 '새해 소원'이란 글자를 쓰고 결국 다음 글을 적어 내려가지 못했을 때도 그랬어. 소원을 빈다는 것은 전지전능한 존재에게 무언가를 부탁하는 게 아니라, 나 스스로에게 '그 일을 잘 해낼 수 있는지'를 묻는 일이었어.

어릴 때 소원을 비는 일은 흰 도화지에 그림을 그리는 것과 비슷했어. 내가 원하는 무언가를 그리고, 잘못 그리면 지우고 다시 그리면 됐지. 그러나 언제부터인가 소원을 비는 일이 새 도화지가 아니라 기존에 있던 그림에 덧칠을 하는 것이 됐어. 선 몇 개를 더 긋거나 지울 순 있지만 이미 그려놓은 큰 형체는 고칠 수 없는, 색깔 위에 다른 색을 덧칠하기에 결국 원하는 색에서 멀어지는. 이런 마음가짐으로 살면서부터 더 이상 꿈이란 걸 꾸지 않게 된 것 같아.

하지만 오늘은 의식적으로 새 도화지를 생각해. 새하얀 도화지 위에 새로 깎아 끝이 뾰족한 연필을 놓고, 또 셀 수 없이 많은 물감과 크기가 다른 여러 개의 붓도 같이 상상해. 그리고 스스로에게 물어봐.

'만약 무엇이든 그릴 수 있다면 어떤 걸 그릴래?'

원래 〈알라딘〉의 원작 《천일야화》 속 이야기에서는 소원의 개수가 제한이 없다는 걸 알고 있어. 그렇지만 나는 여전히 디즈니의 설정이 좋아. 인생이란 건 취사선택이라고 알려주는 것 같거든. 그래서 딱 세 가지만 정하기로 했어.

사실 바간(Bagan)으로 가는 버스 안에서 3시간째 소원에 대해 생각하고 있는데 아직 한 가지도 정하지 못했어. 그래도 수영아, 막상 흰 도화지라고 하니 여러 가지 소원이 떠올라서 기뻐. 예전이라면 이미 늦었다고 생각해서 포기했을 일, 너무 어렵다고 미리 선을 그었을 일도 다시 마음속에 담아보게 돼. 서두르지 않고 이 여행이 끝날 때까지 세 가지 소원을 정해보려고 해.

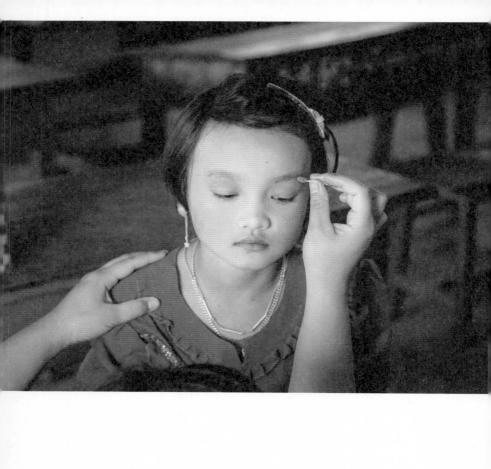

내가 찍고 싶은 사람들처럼

　　　　　　불교의 3대 성지, 3천 개가 넘는 불탑이 펼
쳐져 있는 신의 마을, 미얀마 첫 통일왕국의 수도 등, '바간'을 수식
하는 말은 참 많아. 첫 통일왕국의 수도란 점에서, 또 많은 유적이 남
아 있다는 점에서 우리나라 경주와도 비슷해. 오직 바간만 여행하기
위해 미얀마를 찾는 이도 많고, 그게 아니라도 미얀마 여행자라면
꼭 방문하는 곳이야.

　하지만 나는 이곳에 도착한 지 하루 만에 짐을 싸고 있어. 정확히
는 어제 새벽 3시에 도착해 오늘 새벽 1시 버스를 예약했으니, 24시
간도 채 안 돼서 떠나는 거야. 여행은 늘 선택의 연속이고, 어떤 선택
을 할 때마다 내가 잘한 건지 의심이 들지만 지금은 이게 맞는다고

생각해.

낭쉐에서 다음 여행지를 고를 때 나에겐 두 가지 선택지가 있었어. 하나는 이곳 바간이고, 다른 곳은 카친 주(Kachin State)에 있는 미치나(Myitkyina)였어. 마지막까지 고민하다가 결국 미치나를 포기한 건 너무 위험한 지역이기 때문이야. 미얀마는 여전히 내전이 벌어지고 있는 나라고, 그중에서도 카친 주는 내전이 가장 빈번하거든. 요 몇 년간 전쟁을 멈췄지만 종전이 아닌 휴전이야. 미얀마에서 제일 큰 난민촌도 카친 주에 있고. 나는 미치나를 떠올리면 가슴이 뛰어. '내가 그곳 사람들을 찍는다면?'이란 생각만 해도 흥분되거든. 그러나 흥분과 호기심만으로 접근할 일은 아니니까.

설령 내가 내전이나 난민들을 찍을 수 있다 해도 '그다음은?'이란 물음에 대답할 게 없어. 위험 지역에서 사진을 찍는 건 멋진 일이지만 적어도 사명감이나 의무, 최소한 작은 이유라도 있어야 할 텐데 나에겐 아직 그런 게 없어. 수영아. 만약 지금 네가 내 곁에 있다면 이렇게 긴 얘기를 늘어놓기보다 네 의견부터 들어볼 거야. 하지만 나는 혼자 여행하는 사람이니 결국 혼자 결정을 내려야 해.

바간은 워낙 넓고 도시 곳곳에 유물이 퍼져 있어서, 걸어서 여행하는 건 거의 불가능해. 그래서 작은 오토바이를 빌려 타고 다녔는데, 이곳은 미얀마의 다른 지역과 차이점이 있었어. 흙먼지 날리는 도로나 작고 요란한 간판, 도로를 가득 메운 낡은 트럭 행렬 같은 건 그대로지만 내가 찍는 사람, 그들이 너무나 달랐어.

　그동안 미얀마를 여행하면서 폐품 줍는 아이는 봤어도 구걸하는 아이는 기차역에서밖에 만난 적이 없거든. 그런데 오늘은 숙소 밖으로 나가자마자 구걸하는 아이들에게 둘러싸였어. 한 번으로 끝났으면 좋았을 텐데 오토바이를 타고 다른 파고다에 갈 때마다 그런 아이들과 마주쳤어. 너무 괴로운 일이었어. 여행자인 내가 할 말은 아니지만 아이들이 그렇게 된 건 '여행자들' 탓이 커. 누군가는 그 아이들에게 돈을 줬을 테고, 아이들은 자신의 연약하고 사랑스러운 모습을 이용해서 쉽게 돈 버는 법을 터득한 거지.

　사실 이곳에서 만난 어른들 역시 비슷해. 아주 작은 파고다에서 사진을 찍고 있는데 갑자기 누군가 나타나 사진 찍은 값을 내라는 거야. 내가 "너, 정식 직원이야?"라고 물으니, 그는 능글맞게 웃으며 "예스, 예스"만 반복했어. 점심을 먹은 식당에서는 시킬 때와 먹고 난 뒤 음식 값이 달라졌고, 이때 역시 식당 주인은 음흉하게 웃으며 넘기려 했어.

　결정적으로 이곳을 떠나기로 마음먹은 건 오후 끝 무렵이었어. 파고다를 둘러보고 좀 쉬어야겠다 싶어서 작은 슈퍼 앞에 앉아 콜라를 마시고 있었거든. 그런데 한 여인이 다가오더니 "우와, 네 카메라 좋아 보인다!"라고 말하면서 혹시 자기 아이를 찍어줄 수 있는지 묻더라고. 뭔가 좀 이상한 상황이었지만 사진 찍는 일이니 당연히 따라

갔지. 어떤 집 앞 계단에 담요가 깔려 있고, 그 위에 빨간 옷 입은 아이가 곤히 잠들어 있는 거야. 새근거리며 자는 아이 얼굴을 한참 바라보니 하루 동안 받은 스트레스가 녹아내리더라. 진짜 그랬어. 마음이 정화되는 게 느껴졌어.

조용히 아이 사진을 몇 장 찍은 다음 아이 엄마에게 말해 줬어. "정말 예쁜 아이야. 이 아이가 건강하게 컸으면 좋겠어." 내 말에 아이 엄마도 행복해했고. 그런데 "이 사진을 어떻게 보내줄까? 이메일 있어?"라고 물으니 아이 엄마는 "안 보내줘도 돼. 대신 돈을 줘"라고 했어. 그녀는 웃으면서 말했는데, 그 미소는 오늘 앞서 만났던 이들의 것과 같았어. 나는 아이 엄마에게 돈을 주는 대신 그녀가 만든 미얀마 시가를 몇 개 사줬어.

나도 사진을 찍으면 합당한 값을 치르는 게 맞다고 생각하지만 이렇게 호객 행위를 하는 건 다른 문제잖아. 게다가 자기 아이로 말이야.

오토바이를 타고 돌아오는데 바간에는 정말 불탑이 많더라. 그러나 내 눈엔 그 많은 불탑이 전혀 들어오지 않았어. 아마 내가 찍고 싶은 게 유물이 아니고 사람이라서 그랬나 봐. 그것도 진심으로 웃는 사람 말이야. 사실 능글맞다, 음흉하다, 낯설다고 표현한 미소는 우리나라에서도 흔히 볼 수 있고, 내가 짓던 표정이기도 해. 나 역시 억지로 웃은 적이 많으니까.

하지만 바간에 오기 전까지 미얀마를 여행하면서 만난 사람들의 미소는 달랐어. 미소 이외엔 다른 뜻이 없었어. 맑은 물가에 가면 물 속의 바위도 보이고 지나다니는 물고기도 보이듯, 미얀마 사람들의 얼굴엔 마음이 그대로 드러났어. 그런 얼굴을 볼 때마다 사진을 찍고 싶었고. 어쩌면 그들의 미소가 부러워서 더 열심히 찍었는지도 몰라.

바간에서 하루 이틀 더 있는 건 어려운 일이 아니지만, 내일도 모레도 이런 사람들을 만나야 한다면 큰 문제라고 생각해. 그래서 미치나로 떠나기로 마음먹었어. 거기에는 또 어떤 사람들이 있을지 모르지만 말이야.

아, 그리고 오늘 세 가지 소원 중 '첫 번째 소원'을 정했어. 진심으로 웃는 사람이 되는 것. 내가 찍고 싶은 사람들처럼, 내 걸음을 멈추게 하고 오래 바라보게 하는 그 사람들처럼, 나도 그렇게 웃고 싶어.

진심으로 웃는 사람이 되는 것.
걸음을 멈추고 오래 바라보게 하는 그 사람들처럼,
나도 그렇게 웃고 싶어.

행운과 불운 사이

수영아. 이곳은 미치나로 가는 기차 안이야. 내 맞은편 자리에 앉아 계신 중년 부부를 소개하고 싶어. 두 분은 미치나에 살고 아들이 한 명 있는데 외국에서 대학을 다닌다고 하셔. 말투와 인상에서 다정함이 묻어나. 혼자 덮을 만한 크기의 담요를 나눠서 한 분은 오른쪽 다리, 한 분은 왼쪽 다리에 걸치고 계셔. 아주머니는 아저씨가 됐다고 하는데도 계속 덮어주시고. 내가 그리워하던 예쁜 미소를 가진 분들이야. 두 분의 미소를 보고 있으면 얼마나 마음이 편한지 몰라.

이분들이 덮고 있는 담요는 많이 두꺼워. 너도 미얀마 기차를 타보면 왜 저렇게 두꺼운 담요를 챙겨오는지 이해할 수 있을 거야. 새벽엔 정말 춥거든. 나도 다음 기차 여행 땐 저런 담요를 하나 살까 생각 중이야.

전에도 말했듯, 미얀마 기차는 아주 느려. 그래서인지 기차를 타고 있으면 내가 매우 느린 세상에 사는 것처럼 느껴져. 이 덜덜거리는 기차는 빠른 게 값진 세상에서 느려도 목적지에 도착할 수 있다는 걸 알려주는 존재 같아. 그리고 그 사실이 나에게 위안이 돼. 창문을 열고 달릴 수 있다는 점도 마음에 들어. 왜, 바닷가나 숲길을 달릴 때 창문을 내려 숨도 깊이 쉬고, 손을 내밀어 바람도 만지게 되잖아. 딱 그 정도의 속도로 미치나로 가고 있어. 기차 의자에 앉아 네모난 창을 보고 있으면 사진을 찍지 않아도 뷰파인더에 눈을 붙이고 있는 것 같아서 좋아.

그렇다고 마음이 마냥 편한 건 아니야. 만달레이까지 오는 버스 안에서 또다시 '극장 꿈'을 꿨고, 옆 사람이 깜짝 놀라 깨울 만큼 크게 소리를 질렀거든. 새삼 나라는 사람 하나 변하는 게 이렇게 힘들구나 싶어. 어쩌면 내가 예상한 것보다 시간이 더 필요할지도 모르겠어. 어제는 스트레스가 많이 쌓인 날이었고, 내 마음은 그런 순간이 오면 조건반사로 악몽을 상영하나 봐. 그리고 보면 악몽을 꿀 때마다 늘 극장이란 공간에만 집중했지, 스크린에서 어떤 영화가 상영되는지는 보지 못했어. 다음에 또 악몽을 꾼다면 스크린을 봐야겠어. 물론 다시 안 꾸는 게 가장 좋지만.

맞은편 부부는 커피부터 시작해서 과일, 과자, 빵까지 계속 뭔가를 내게 주셔. 그래서 조금 전 점심시간에는 내가 두 분에게 도시락을 사다 드렸어. 매우 기뻐하며 맛있게 드시더라. 그 모습을 보며 "아저씨는 걱정이 뭐예요?"라고 묻고 싶었지만 실례가 될 것 같아 참았어. 또 이런 경우에 '걱정'을 영어로 어떻게 표현할지 모르기도 했고.

아저씨는 기차가 정차한 동안 밖에 나가서 팔뚝 크기만 한 '나무 모종'을 몇 개 사오셨어. 집 마당에 심는다고 하셔. 내가 나무 이름을 묻자, 아저씨는 영어 이름이 기억 안 난다고 했다가 기차가 어느 정도 달리자 창문을 가리키며 "저거야!"라고 외치셨어. 그것은 '야자 나무'였어. 문득 두 가지 생각이 들더라. 하나는 '아저씨네 집 마당은 엄청 큰가 보구나'였고, 다른 하나는 '이만한 묘목이 시간이 지나면 저렇게 커지는구나'였어. 묘목에 손을 뻗어 쥐어보고는 다시 창문 밖 야자나무를 바라봤어. 그 순간 역시 나에게 위안이 됐어.

몇 시간을 더 달려 '콜린 역'에 도착했어. 이상하게도 이 역에서는 2시간 넘게 정차했어. 보통 아무리 길어야 1시간이거든. 정차 시간이 길어지자 나는 기차에서 내려 사진을 찍었는데, 여행자들이 슬슬 모여 수군거리기 시작했어. 언뜻 "사고"란 단어가 들렸고, 또 다른 사람은 "누군가가 죽었다"라고 말했어. 분위기가 심상치 않았지.

자리로 돌아와 맞은편 아저씨에게 물어보니 "앞에 가던 기차가 전

복됐대요"라고 알려주셨어. 내가 놀라서 "사람이 죽었어요?"라고 물으니 아저씨는 "그건 모르겠어요. 하지만 넘어진 기차를 옮기고 선로를 수리할 때까지 우린 여기 있어야 돼요"라고 덤덤히 얘기하셨어. 내가 "수리가 얼마나 걸리는데요?"라고 다시 묻자 아저씨는 조금 전보다는 심각한 표정으로 "그건 아무도 모르죠"라고 대답하셨어.

사고 소식은 기차 끝에서 끝으로 빠르게 퍼졌고, 무기한 기다림이 시작됐어. 기다림을 대하는 방식은 미얀마인과 여행자가 사뭇 다르더라. 미얀마인들은 조용히 자리에 앉아 있는 반면, 서양 여행자들은 끼리끼리 모여 파티를 시작했어. 하지만 오래가지 못했지. 해가 지기 시작했거든.

신이 났던 여행자들은 이제 역무원에게 찾아가, 자신들의 여행 일정과 남은 비자 기간을 토로하며 어서 출발하거나 보상하라고 요구했고, 이는 당연히 받아들여지지 않았어. 그들 중 한 무리는 기차 대신 버스를 타겠다고 했으나 이마저 거절당했어. 미얀마는 유명 관광지를 제외하곤 지역을 이동할 때마다 경찰서나 관공서에서 허가를 받아야 하거든. 아무도 이렇게 오래 연착될 줄 몰랐던 거지. 서서히 음악 소리가 줄어들었고, 술 취한 몇이 행패를 부리다가 역시 조용해졌어.

기차가 밤 9시에 출발한다는 소문이 돌았으나 10시가 넘어서도 출발하지 않았어. 다시 한 번 11시에 출발한다는 소문이 돌았지. 내

가 아저씨에게 "정말 11시에 출발할까요?"라고 물으니, 아저씨는 씩 웃으며 "노"라고 대답하셨어. 나는 아저씨에게 "근데 왜 그렇게 편안해 보이세요?"라고 묻고 싶었지만 또 참았어. 이번엔 마땅한 단어가 생각났으나, 사실 나도 마음이 급하진 않았거든.

예상치 못한 일이 생겼을 때 우리는 보통 둘 중 하나로 부르잖아, 행운 혹은 불운. 만약 이 일이 서울에서 일어났다면, 또 지금이 출근 시간이라면 당연히 불운 쪽이었을 거야. 플랫폼은 사람들로 미어터

지고 그 안에서 서로 밀치며 짜증을 냈겠지. 이 상황은 한 줄로 요약되어 몇 분간 실시간 검색어에도 올랐을 테고. 촬영에 늦은 나는 양쪽 어깨에 짐을 멘 채 씩씩거리며 아까 서양 여행자들처럼 택시나 버스 같은 이동 수단을 찾아야 했을 거야.

그러나 여행자 신분인 나에게는 불운이라기보다 일종의 경험으로 받아들여져. 그저 이것도 여행의 일부라고 생각하니 마음이 편해. 기차는 느리다 못해 결국 멈춰 섰지만 내가 여행 중인 건 변함없으니까. 결국 이처럼 예상치 못한 상황에서 행운과 불운을 가르는 건 그 일을 받아들일 마음의 여유가 있느냐 없느냐인 것 같아.

아저씨 말대로 밤 11시가 넘어도 기차는 출발하지 않았고, 얼마 뒤 아저씨는 직접 기차 차장에게 찾아가 이야기를 듣고 오셨어. 우선 앞서 간 기차는 화물열차라 인명 피해가 적었으며, 다음으로 선로 보수 공사는커녕 쓰러진 기차를 옮기지도 못한 상황이라, 밤새 작업을 하면 내일 새벽 6시엔 출발할 수 있을 거라고 하셨어. 내가 "정말 6시에 출발할까요?"라고 물으니, 아저씨는 알면서 왜 또 묻느냐는 듯 "노"라고 대답하셨어.

밤 12시가 되자 기차의 전등이 모두 꺼졌고 스마트폰이나 휴대용 플래시 불빛만 간간이 비쳤어. 아직 파티가 끝나지 않은, 많아 봐야 서너 명 정도의 소란함과 누군가 코 고는 소리, 아기 울음소리가 들려왔고, 그 위로 밤의 적막함이 내려앉았어. 추위와 함께. 나는 가지

고 있는 옷을 모두 꺼내 겹쳐 입었어. 처음에는 등에서 땀이 났지만 그 땀이 마르자 옷을 입기 전처럼 다시 추워졌어.

맞은편 부부 중 아주머니는 옆의 빈자리로 옮겨 아침에 봤던 담요를 덮고 잠이 드셨어. 아저씨는 내 맞은편에서 나와 비슷한 자세로 의자 두 개에 겨우 몸을 끼워넣고 누우셨지. 아저씨는 우리 꼴이 우스운지 허허 웃으며 내게 "Are you OK?"라고 물으셨어. 괜찮냐는 질문에 나는 "노"라고 대답하려다가 아저씨의 미소 띤 얼굴을 보니 괜찮아져서 "예스"라고 말했어.

내가 첫 번째 소원으로 빈, 아저씨의 저 미소는 어디서 나오는 걸까? 아저씨도 이 상황이 마냥 좋진 않을 텐데… 나만큼 불편한 의자에 누워 있고, 나만큼 추우며, 또 내일 출근도 해야 하고 퇴근 후엔 나무도 심어야 할 텐데. 그래서 이번엔 물어봤어. 아저씨가 잠드시기 전에 대답을 듣고 싶어서. 지금까지 하려던 질문도 결국 이것인 거 같아서.

"Are you happy?"

아저씨는 눈을 감은 채, 뭘 당연한 걸 묻느냐는 듯 대답하셨어.

"예스."

여행자 신분인 나에게는 불운이라기보다
일종의 경험으로 받아들여져.
여행의 일부라고 생각하니 마음이 편해.

한 걸음의 여백

부산한 소리에 잠이 깨 시계를 보니 새벽 6시가 채 되지 않았더라. 나는 밤새 관절을 꺾어가며 잠을 잤어. 이 의자에 누우면 정확히 관절 하나가 의자 밖으로 나오는데 목을 집어넣으면 허리가, 허리를 집어넣으면 목이 빠져나와. 2시간 간격으로 관절을 하나씩 고생시키다가 더 이상 못 견디겠다 싶으면 자세를 바꿨어. 추위는 덤이었고. 그래도 잠은 왔어. 꿈도 꾸면서. 다행히 악몽은 아니었어.

잠을 깰 겸 오들오들 떨며 기차 밖으로 나가 보니, 다른 사람들도 떨면서 삼삼오오 모여 씻고 있었어. 한 명이 생수통을 잡아주면 다른 한 명이 세수를 하는 식으로. 나도 그들 틈에서 양치를 하고, 모르는 사람이 잡아주는 생수통의 물로 세수를 했어. 물론 그를 위해 잡아줬고.

대부분이 나처럼 그냥 얼굴에 물을 적시는 수준이었지만 10대들은 달랐어. 눌린 머리에 스프레이를 뿌려 다시 세우고 화장도 하더라. 누구 보라고 저리 꾸밀까 싶다가 저 아이들이 보낸 어젯밤은 나와 다른가 보다 했어. 어쩌면 수학여행의 마지막 밤처럼 특별했을지도 모르지. 하루 사이에 아는 얼굴이 많아진 것도 신기해. 사진을 찍었던 사람을 만나면 반갑게 인사했고, 추위를 같이 견딘 전우애 같은 것도 느꼈어.

재밌는 변화도 감지됐는데, 분명 어제까지 혼자 다니던 폴란드 여행자가 다른 여행자의 손을 꼭 잡고 있는 거야. 그는 혼란과 추위를 틈타 연애를 시작한 것 같아. 기차 사고로 인한 연애라니, 뭔가 굉장히 드라마틱해서 나도 그 주인공이 되고 싶지만 내가 한 일이라곤 관절을 꺾어가며 잠을 잔 것밖에 없어. 당연히 폴란드 여행자의 밤도 나와 달랐겠지. 그는 나와 눈이 마주치자 씩 웃었는데 이 새벽 유일하게 추워 보이지 않더라.

아침을 먹으러 역사 앞 노천카페로 가니 이미 많은 사람들이 모여 있었어. 나는 연유가 듬뿍 들어간 믹스커피와 인도의 '난' 비슷한 빵을 시켰고, 맞은편 부부에게 드릴 빵도 포장했어. 이럴 때 따뜻한 차 한 잔은 참 소중해. 차를 한 모금 마시면 막막한 순간에 작은 여백이

생기거든. 어쩌면 이런 여백을 만들기 위해 여행을 떠나는지도 몰라. 지금은 사실 너무 춥고, 언제 출발할지 모르는 기차와 꼬여버린 일정이 걱정되며, 폴란드 여행자 때문에 배도 좀 아프지만, 이 모든 것의 밑바닥엔 편안함이 깔려 있어. 하지만 과연 이 편안함을 행복이라 부를 수 있을지 생각하면 다시 망설이게 돼.

어젯밤 내가 "행복하세요?"라고 물었을 때 아저씨는 망설임 없이 "예스"라고 대답하셨어. 그러나 나는 "당신은 어때요?"라는 질문을 받자 한참 생각하다가, 그래도 지금 이 순간은 행복한 것 같아서 "예스"라고 했어. 잠이 들면서 '이거 좀 이상한데?' 싶더라. 바로 직전에 아저씨가 "Are you OK?"라고 물었을 땐 편하게 대답할 수 있었거든. 반면 행복에 대해서는 한참을 고민하고도 확신 없이 대답하게 돼. 도대체 "Are you OK?"와 "Are you happy?"는 어떤 차이가

사진을 찍을 때 상대와 더 많은 시간을 보내고,
자주 눈을 맞추면 더 나은 사진이 나오는 것처럼
행복도 그렇게 접근해야 하는 게 아닐까.

있는 걸까. 왜 행복에 대한 질문을 받으면 내 안에서 더 많은 필터를 거친 후 답하게 될까.

솔직히 나는 어떤 순간을 행복이라 부를지 잘 모르겠어. 내가 머릿속에 그리고 있는 행복은 엄청 극적이며 감동적인 순간에 표현해야 할 감정이거든. 그래서 지금처럼 그저 편안한 상태를 행복이라 불러도 될지 의심이 들어. 마음속에서 '고작 이 정도가 행복이라고? 행복이 뭔지 모르는 거 아니야?'라며 자기 검열을 하게 돼. 사실 내가 아저씨에게 행복하시냐고 물었던 건 이만큼 무겁고 대단한 의미에서 한 질문이었어. 그런데 예상외로 너무 가볍게 대답하신 거지. 어쩌면 그게 행복해지는 방법인 걸까. 어깨 힘을 빼고 행복을 말하는 것.

"나, 행복해"라는 말을 쓰는 게 익숙하지 않은 탓도 있어. 초·중·고를 다니는 동안 어떤 선생님도 내게 행복하냐고 물으신 적이 없거든. 영화 일을 할 때도, 본격적으로 돈을 벌기 시작한 이후로도 마찬

가지야. 스스로에게 묻고 대답한 적은 있지만 내가 누군가에게, 누군가가 내게 물은 적은 거의 없어. 이 말과 더 친해질 필요가 있을 것 같아. 사진을 찍을 때 상대와 더 많은 시간을 보내고, 가까이 앉고, 자주 눈을 맞추면 더 나은 사진이 나오는 것처럼 행복도 그렇게 접근해야 하는 게 아닐까. 오늘부터는 나에게, 또 다른 사람에게 더 자주 질문하려고 해. "Are you OK?"처럼 편하게 말이야.

행복을 느끼는 데는 어떤 일을 받아들이는 태도 역시 중요한 것 같아. 이 기차엔 대략 150명이 타고 있으니 기차 사고를 받아들이는 태도도 150가지 정도 될 거야. 150개의 다른 밤이 지났고, 이제 150개의 다양한 아침이 찾아왔겠지. 누군가는 인생 최악의 여행으로 기억할 테고, 누군가에게는 사랑하는 사람을 만난 최고의 사건일 거야. 누구는 옆 칸에 앉은 아이가 신경 쓰여서 머리에 스프레이를 뿌리고, 누구는 나처럼 그저 관절이 아프기도 하고.

나는 점쟁이가 아니라서 누가 행복하고 불행한진 몰라도 누구 마음에 여유가 있는지는 조금 보여. 예를 들어, 이 추위에 아직까지 주무시고 계실 맞은편 아저씨는 여유가 넘치는 분이지. 그리고 그 여유야말로 행복을 받아들이는 최소한의 준비가 아닐까 싶어.

늘 바쁘게 쫓기며 살아온 나로서는 마음의 여유를 느끼는 일조차 쉽지 않았어. 그래서 여유를 위한 기초 작업으로 우선 마음속에 여백부터 만들어볼까 해. 마음의 모양이 어떻게 바뀌든, 어떤 것이 들어왔다 나가든 변함없이 그 자리를 지켜줄 여백. 마음에서 딱 한 걸음 정도만 비워두면 되지 않을까.

지금처럼 따뜻한 차를 마시고, 한가로이 지나가는 사람들을 구경하고, 카메라를 들고 잠깐 산책을 하는 것 모두 여유를 느끼게 하는 일이거든. 굳이 여행지가 아니어도 할 수 있다는 게 마음에 들어. 이런 순간도 행복일 수 있다고 생각하니 살며시 웃음이 나더라. 그리고 내 미소가 조금 편해졌다고 느꼈어.

지금 이 미소를 사진으로 남기면 좋을 것 같아 스마트폰 카메라를 켰는데 너무 놀랐어. 얼굴은 때 구정물로 얼룩지고, 머리는 지저분하게 달라붙고, 왜 나에겐 폴란드 여행자 같은 드라마가 생기지 않았는지 알겠더라. 그래도 나는 잘 있어. 너는 행복한지 궁금해.

39시간 기차 여행

영영 멈춰 있을 것 같던 기차는 아침 9시
가 되자 경적을 몇 번 울린 뒤 천천히 움직이기 시작했어. 몇몇 승객
들은 손뼉 치며 환호성을 질렀지만, 대부분은 침착했고 서로를 보며
웃는 정도였어.

기차는 오래 정차했음에도 급할 게 없다는 듯 원래의 느린 속도로
달렸어. 그 속도에 익숙해질 때쯤 객실 안은 다시 평범한 일상으로
돌아갔어. 차창 밖으로는 풍경이 지나갔고, 사람들은 이야기를 나누
다 잠이 들었으며, 새로운 역에 정차하면 누군가는 내리고 또 올라
탔어. 하나의 사건이 그렇게 지나가고 있었어. 기차 사고는 내 여행
에서 나름 큰일이었는데 말이야. 미얀마라는 장소, 기차라는 공간, 1

박 2일이란 시간이 나를 거친 후 다시 멀어지는 느낌이 들었어.

'시간' 속에 사는 건 늘 오고 감을 겪게 돼. 새벽에 나를 그토록 힘들게 했던 추위는 어느덧 오후 햇살에 잊혔고, 어젯밤 내 마음에 여러 질문을 던졌던 아저씨의 말도 나름의 결론을 낸 다음 지나갔으니까. 금방 사라지는 것도 있고 오래 머무는 것도 있어. 영화 일도 그래. '실패한 영화인'이란 이름을 너무 오래 붙들고 있었던 게 아닌지, 그 시간 동안 젊음을 낭비한 게 아닌지 후회가 들지만, 한편으로는 오래 붙잡았어야 할 이유도 있었으리라 생각해. 중요한 건 그것이 지나가고 난 자리에 무엇이 남았는지가 아닐까.

　　조금 전엔 사고 현장을 지났어. 저렇게 거대하고 육중한 기차가 어떻게 쓰러질 수 있었는지 싶더라. 사고 난 기차와 내가 탄 기차는 불과 몇 시간 간격이었으니 그 사고가 내게 일어났다 해도 이상한 일은 아니었을 거야. 그 몇 시간이 생과 사를 가른 거지. 쓰러진 기차

를 보면서 '만약 내가 어제 기차 사고로 죽었다면?'이란 생각을 해보니 슬프기보단 억울했어. 나는 해내고 싶은 일이 정말 많고, 그 많은 일 중 끝을 본 게 아무것도 없으니 말이야. 너무 억울해서 나도 모르게 "지금은 안 돼, 절대 안 돼"라고 혼잣말까지 했어.

여행 온 뒤 더 확실해졌는데, 나는 카메라로 무언가를 찍는 게 좋아. 그게 사진이건 영상이건 상관없이. 인레 호수에서 노을을 바라보기만 했을 때, 나 자신이 이 일을 정말 좋아한다고 느꼈어. 오히려 사진을 찍지 않으니 더 잘 알게 되더라. 그리고 '영화 일을 너무 급하게 그만둔 게 아닐까'라는 후회도 했어. 왜냐하면 그 '좋아한다'라는 감정이 과거 내가 영화에 대해 가졌던 감정과 너무나 동일했거든. 후회한다는 건 한편으로 현실을 인정한다는 뜻이기도 하겠지.

어쨌든 이젠 영화가 '지나간' 자리를 무엇으로 채울지 고민 중이야. 나는 계속 카메라로 무언가를 찍고 싶고, 그 일이 이렇게 '여행 다니며 사람들을 만나 사진 찍고 글로 옮기는 것'이면 어떨까 싶어. 이번에는 조금 길게 보려고 해. 그것이 후회를 조금이나마 줄일 수 있는 방법이니까. 머릿속에 떠오른 기간은 '10년'이야. 처음엔 너무 긴가 싶다가 10년 전을 돌아보니 그리 긴 시간은 아니더라. 그래서 이것을 나의 '두 번째 소원'으로 정했어. 10년간 이 일을 계속하는 것.

맞은편의 아저씨와 아주머니는 곧 내리신다고 해. 나는 그다음 역에서 내릴 예정인데, 그럼 39시간 만에 미치나에 도착하는 거야. 그

새 두 분과 정이 들었는지 헤어지려고 하니 마음이 먹먹해. 차창 밖으론 기차 안에서 보는 두 번째 노을이 빠르게 지나갔고, 이제 두 번째 추위가 찾아오고 있어. 솔직히 지금 내 머릿속엔 뜨거운 물로 샤워하고 푹신한 침대에 눕고 싶다는 바람뿐이야.

이젠 영화가 '지나간' 자리를 무엇으로
채울지 고민 중이야.

초심자의 행운

　　　　　　　　미치나에 온 지 나흘 만에 편지를 써. 숙소를 잡고 이틀 동안 내리 잠만 잤어. 내가 머물고 있는 숙소는 중국인 형제가 운영하는 곳인데, 아침마다 맛있는 중국 음식을 줘. 그것도 뷔페로. 그 아침을 먹고 잠들었다가, 해 지면 일어나서 숙소 앞 포장마차의 국수를 먹고 다시 잠들기를 반복했어. 그렇게 이틀을 보내고 나니 몸이 원래대로 돌아오는 게 느껴지더라. 바간에서부터 미치나까지 쉬지 않고 이동했으니 몸이 지칠 만도 했어. 어제부터는 오토바이를 빌려 가까운 곳을 구경하고 있어.

미치나는 다행히 생각했던 것만큼 위험한 곳은 아니야. 외곽으로 가면 총 든 군인이 있고, 여행자가 접근할 수 없는 지역도 있지만 아

주 험악하진 않아. 중국과 가까운 까닭에 중국계 미얀마인이 많고 무슬림도 꽤 있어. 편지엔 이렇게 구분해서 적고 있지만, 여기 와보니 인종을 나누는 게 무의미하단 생각이 들어. 막상 이야기를 나누고 친해지면 다 똑같은 사람이구나 싶거든. 사실 나는 무슬림에 대해 안 좋은 고정관념이 있었는데, 이곳에서 만난 무슬림 덕분에 많이 깨졌어. 이런 게 여행의 장점이 아닐까 싶어.

어제는 사진을 찍기 위해 미치나에서 가장 크고 오래된 시장을 무작정 찾아갔어. 계속 거절당하다가 커피나 한잔 마시려고 시장 안 가게에 앉았지. 그때 무슬림으로 보이는 이가 "도와줄까?"라고 물어보더라고. 보통 이런 경우엔 안 좋았던 경험이 많아서 바로 거절했어. 그런데 이 친구가 자기 이름은 '라미'고 가게 주인이라는 거야. 작은 가게였지만 그가 주인 같아 보이진 않았어. 재차 묻기에 내가 시장 상인을 사진 찍고 싶다고 하자, 라미는 잠깐 기다리라더니 사라졌어. 이때까지만 해도 나는 빨리 자리를 떠야겠다는 생각뿐이었어.

잠시 후 라미는 건장한 장정 넷을 데리고 다시 나타났어. 맨 앞에는 '사이먼'이란 이름의 청년이 서 있었어. 사이먼은 오자마자 넙치같이 큰 손을 내밀며 악수를 청했고, 이게 무슨 상황인가 싶더라. 사이먼 뒤에 따라온 세 명은 같이 일하는 동료였어. 라미는 그들 모두에게 커피를 주며 내 얘기를 들어보라고 했지. 마치 PPT를 발표하듯 나를 소개하고 지금까지 찍은 사진을 보여주며, 이런 식으로 미치나

시장 사람들도 찍고 싶다고 얘기했어. 사이먼은 그 사진들을 보면서 "넌 사람을 좋아하는구나"라고 말했고, 나는 그렇다고 대답했어.

라미가 사이먼을 데려온 게 얼마나 절묘한 일이냐면, 사이먼은 시장에 얼음 대는 일을 하고 있거든. 그러니까 이곳에서 생선과 고기를 파는 상인은 적어도 하루에 한 번은 그를 만나야 해. 나는 그를 따라다니며 사진을 찍으면 되는 거고. 사이먼은 내 얘기를 다 듣고 나서 동료들과 잠깐 의논하더니 허락했어.

"우리도 사진 찍는 거 좋아해. 내일 아침에 와서 찍어도 좋아."

그러고는 이렇게 덧붙였어.

"근데 왜 하필 우리 사진을 찍어?"

"난 시장을 좋아해."

내 대답에 사이먼은 웃었어.

숙소로 돌아와서도 계속 사이먼의 말이 마음에 남아 있어. 가끔 나 자신에게 같은 질문을 던지기도 하는데, 그때마다 맨 처음 카메라 사던 날이 떠올라. 그 당시에는 돈을 벌기 위해서가 아니라 무언가를 정말 찍고 싶어서 카메라를 샀거든.

시장을 좋아한다는 말은 사실이지만, 스스로 만족스러운 대답은 아니야. 정말로 이 일을 10년간 하게 된다면 그동안 꾸준히 답을 찾아야 할 거야. 왜 사람을 찍는지 말이야.

그렇게 오늘 아침 8시에 시장 사람들을 만나 촬영을 시작했어. 사

이먼과 친구들이 얼음을 나르면 나는 그 뒤를 따랐고, 사이먼이 가게에 들어가 활기차게 인사하면 나도 뒤에서 "밍글라바(안녕)"라고 외치며 손을 흔들었어. 사이먼은 나를 "한국에서 온 친구"라 소개했고, 덕분에 편하게 촬영할 수 있었어.

돌아와서 오늘 찍은 사진을 확인해 보니 엄청 특별한 사진을 찍은 건 아니야. 나는 그들이 일하는 모습이 자연스럽게 담기길 원했어. 인물 사진은 인물 자체의 매력만큼 그가 속해 있는 배경도 중요하니까. 서 있는 장소, 앉는 의자, 주로 쓰는 도구, 일할 때 입는 옷 등이 그 인물에 대해 이야기해 주기도 하거든. 카메라 셔터는 120분의 1초처럼 순간을 담아내지만, 결과물인 사진 속에는 더 긴 시간이 담겨. 한 사람이 몇십 년간 지어온 표정이 인상이 되듯, 나는 공간과 사물에도 표정과 정서가 있다고 느껴. 미치나 시장을 좋아한 이유는 그런 배경이 잘 드러나는 곳이기 때문이야.

지금 생각해 봐도 라미에서 사이먼으로, 다시 시장 상인으로 이어진 인연의 끈은 큰 행운이었어. 문득 '초심자의 행운'이란 말이 떠올라. 이 나이에 스스로를 초심자라 부르는 게 어색하지만. 어쨌든 10년간 이 일을 해보자 마음먹고 처음 찍은 분들이라 무척 감사해. 이렇게 큰 행운이 자주 있는 일은 아니란 걸 알아. 모든 일엔 오르내림이 있다는 것도 알고. 이럴 때 보면 영화 일을 하며 배운 게 많구나 싶어. 사실 이것만 알고 가도 마음이 한결 편한데 말이야. 아무튼 오늘은 내가 이 일을 정말 시작했고, 나의 두 번째 소원이 이뤄지고 있다는 느낌을 받았어.

미치나에서 하루 더 머물고 인도지(Indawgyi)로 떠날 예정이야. 인도지에는 미얀마에서 가장 큰 호수가 있다고 해. 그리고 그곳이 이번 미얀마 여행의 마지막 장소야.

그때마다 맨 처음 카메라 사던 날이 떠올라.
그 당시에는 돈을 벌기 위해서가 아니라 무언가를
정말 찍고 싶어서 카메라를 샀거든.

시간이 느리게 흐르는 호수

　　　　　　　　　인도지로 가는 길에 예쁜 장면을 봤어. 수
영아. 네 눈에는 사진 속 두 사람이 어떤 사이로 보여? 동생과 오빠?
기차를 같이 탄 승객?

　기차에서 통화를 하고 있는 남자는 나와 같은 칸에 탄 승객이고,
초록 원피스를 입은 소녀는 역에서 구걸하는 아이야. 그러니까 둘은
전혀 모르는 사이인 거지. 평범한 장면이지만 인도지로 가는 내내
마음에 남았어.

　사진 속 아이는 기차에 오르기 위해 남자에게 손을 뻗었고, 남자
는 아무렇지 않게 아이의 손을 잡아줬어. 이 평범함 속에는 한 사회
가 가진 따뜻한 체온이 들어 있어. 돕는 것도 자연스럽고, 도움을 받

는 것도 자연스러운. 저 모습은 마치 이전 세대가 다음 세대에게 손
을 뻗어주는 것 같아. 또 너와 나를 차별 없이 대하는 것처럼 보여.

저 장면을 보며 서울에 있을 때 읽은 기사가 떠올랐어. 같은 동네
에 살아도 임대 아파트에 산다는 이유로 학교에서 따돌림을 당하고,
하교까지 다른 길로 해야 한다는 내용이었지. 처음 읽었을 땐 너무
비현실적이라 믿기지 않았어. 나는 진심으로 그게 우리나라의 평범
한 일상이 되지 않길 바라.

인도지로 가는 길은 순탄치 않았어. 기차를 6시간 타고, 다시 트럭

화물칸으로 옮겨 타서 2시간 동안 산을 넘은 뒤, 산 아래 지역 경찰서에 들러 '지역 입장 허가증'을 받아야 했거든. 그렇게 인도지에 도착하면 정확히 한 게스트하우스 앞에 세워줘. '인도지 호수'는 미얀마에서 가장 넓은 호수지만, 주위에 여행자 숙소가 하나밖에 없고, 본인 의사와 상관없이 2인 1실을 써야 돼. 내가 싱글 룸을 달라고 하자 주인은 "여긴 그런 거 없어"라고 대답했어.

방은 여섯 개 정도 되는데, 화장실은 하나고 재래식이야. 다행히 샤워실이 있지만 샤워기 대신 바가지를 사용해야 하고, 온수는 전기 파이프로 데운 물을 큰 대야에 옮겨서 써야 해. 어때, 너도 자연스럽게 군대가 떠오르지? 이번 여행에서 나름 최악의 환경인데, 이 모든 걸 이미 군대에서 경험했다는 게 놀랍고도 씁쓸해.

하지만 막상 인도지 호수로 나가 보면 이 모든 환경이 용서돼. 아니 용서를 넘어 여기서 며칠 머물 수 있다는 게 축복처럼 느껴져. 오늘은 2시간 정도 산책을 했는데, 여기도 시간이 느리게 흐르는 곳이야. 바쁠 게 없어 보이는 사람들이 천천히 걸어다니고, 그보다 더 느린 소와 돼지가 풀밭 위를 어슬렁거려. 심지어 울타리도 없어. 숙소 앞에는 좁은 도로가 있는데 자동차보다 자전거나 오토바이가 주로 다녀.

그리고 이 모든 장면 뒤로는 넓은 호수가 펼쳐져 있어. 호수에 앉아 흐르는 물결을 바라보노라면 이 동네가 가진 시간의 흐름이 느껴져. 그리고 내 마음도 자연스럽게 그 흐름에 맞추게 돼. 숨도 천천히 쉬게 되고.

오늘은 호수를 바라만 봤지만 내일은 직접 배를 타고 나가려고. 호수 중간에 파고다가 하나 있다고 해. 정말로 물 위에 떠 있는 파고다래. 이 얘기를 처음 들었을 때 온몸에 소름이 돋았는데, 드디어 내일 진짜 그곳에 가게 됐어.

여기에, 앉아

　　　　　오늘은 시작부터 몇 가지 문제가 있었어.
우선 새벽에 지진이 났거든! 방을 같이 쓰는 프랑스인 여행자와 나
는 놀라서 밖으로 뛰쳐나갔어. 로비에서 자고 있던 숙소 주인은 우
리를 유난스럽다는 듯 쳐다보며, 여기선 지진이 흔하니 신경 쓰지
말라고 했어. 하지만 신경을 안 쓸 강도가 아니야. 테이블 위의 물건
이 떨어질 정도였어. 그렇게 밤사이에 세 번이나 지진이 더 났고 그
때마다 우리는 잠에서 깼어.

　또 다른 문제는 룸메이트인 프랑스인이야. 우리는 어제 카약을 같
이 예약했거든. 그런데 이 친구가 너무 게으른 거야. 지진 때문에 잠
을 못 잔 건 이해하지만 내가 아침 산책을 다녀온 뒤에도 자고 있고,

겨우 깨워서 옷을 입혀놨더니 이번엔 아침을 먹고 가겠다는 거야. 자기는 아침을 꼭 챙겨 먹는다고. 결국 그가 밥을 다 먹을 때까지 기다리느라 아침 호수 풍경은 찍지 못했어. 10시쯤 선착장에 도착했더니 눈앞에 1인용 배 두 척이 딱 있는 거야! 나는 당연히 인레 호수처럼 큰 보트를 같이 타는 줄 알았는데 카약은 1인용이었던 거지. 프랑스인과 나는 물 위에 뜬 뒤 1분도 안 돼서 헤어졌고 그렇게 혼자 배를 타게 됐어.

처음엔 정말 좋았어. 지금 이 순간이 이번 미얀마 여행의 하이라이트구나 싶을 만큼. 넓은 호수에 나 혼자뿐이었고, 어느 정도 앞으로 나가자 사방이 호수로 둘러싸이게 됐어. 나는 늘 건물이나 사람, 도로, 논밭, 자동차, 의자 등 무언가를 보면서 살았는데, 그 모든 것 대신 호수의 물결만 보이는 거야. 내 몸에서 한 번도 쓴 적 없는 감각이 깨어나는 느낌이었어.

그런데 2시간 정도 노를 저으니 슬슬 힘이 빠지더라. 네가 카약을 타봤는지 모르지만 노를 저으려면 엄청 요령이 필요해. 힘으로만 저으면 금방 지치고 배가 원하는 방향으로 가질 않아. 또 카약은 구조상 내 몸 하나 딱 들어가는 사이즈라 한번 앉으면 육지에 배를 댈 때까지 일어날 수가 없어. 내가 준비해 간 물과 간식은 모두 뒤쪽 방수칸에 들어 있으니 꺼내지 못했고, 당연하지만 호수 위엔 그늘이 없으니 몸이 점점 익어가는 게 느껴졌어.

분명히 파고다까지 2시간이면 도착한다고 했는데, 사방을 둘러봐도 끝없는 호수만 펼쳐져 있는 거야. 설상가상으로 소변까지 마렵기 시작하자 이건 다른 의미에서 하이라이트가 될 것 같더라. 나는 그 상태로 다시 2시간을 더 간 뒤에야 파고다에 도착했어.

사실 파고다에 대한 기억은 거의 없어. 화장실만 들렀다가 너무 배가 고파서 제일 가까운 육지로 이동했거든. 식당을 몇 군데 둘러보다가 인부들이 잔뜩 모여 있기에 맛집이겠다 싶어서 들어갔지. 식당 주인은 젊은 여자였는데, 내가 시킨 음식 말고도 과일, 과자, 음료

수 등을 갖다 줬어. 단순히 내가 한국인이란 이유로 말이야. 그녀는 한국 드라마를 좋아했고 한국말도 조금 할 줄 알았어.

식당 주인 옆에는 나와 동갑인 오빠가 앉아 있었어. 술에 취한 탓도 있지만 기본적으로 흥이 넘치는 사람이었어. 게다가 이름이 미치나 시장에서 나를 도와줬던 '사이먼'이랑 같아. 미치나의 사이먼이 진중하고 형 같은 느낌이었다면, 인도지의 사이먼은 살짝 미쳐서 삶이 즐거워 보였어. 사이먼은 자기도 한국말을 할 줄 안다더니 여동생을 '엄마', 나를 '오빠'라 불렀고, 숟가락을 마이크 삼아 미얀마 노래도 불러주었어. 그때마다 식당 주인은 부끄러워하며 오빠를 말렸지만, 나는 오히려 그가 편하고 좋았어.

인간관계라는 게 실상 상대와 나의 거리를 상황에 맞게 조절하는 거잖아. 그런데 사이먼은 이상하게도 내가 사용했던 숟가락을 스스럼없이 가져가 노래를 불러도 무례해 보이지 않았어. 타고난 성격 탓도 있겠지만, 상대방과 자신을 우열 관계로 보지 않고 동등하게 대하는 이들의 장점이기도 해. 나는 그의 경계 없음이 좋았고 또 부러웠어.

나는 사이먼과 함께 마을도 구경했어. 사이먼이 사진 찍기 좋다고 한 곳은 막상 가보면 전혀 사진 찍을 만한 장소가 아니었지만, 그와 함께 있는 시간이 좋아서 따라다녔어. 그는 내가 술을 못 마신다는 걸 아쉬워했고, 나는 그가 영어를 거의 못한다는 게 안타까웠어. 그

렇지만 둘 다 큰 문제는 아니었어.

같이 돌아다니다 보니 어느새 몇 시간이 흘러 서서히 해가 지려고 했어. 갑자기 확 막막해지더라. 아무리 올 때보다 빨리 간다 해도 3 시간은 걸릴 테고, 저 넓은 호수는 완전히 캄캄해질 텐데…. 거기서 혼자 노를 젓는 건 낭만보단 공포에 가까우니까. 내가 "이제 돌아가 야 해"라고 말하자, 사이먼은 자기 배를 같이 타고 가자고 했어. "내 배는?"이라고 묻자 그는 어린아이처럼 키득키득 웃으며 나를 끌고 갔어.

너도 예상했어? 사이먼이 자기 보트에 내 카약을 실어서 정말 '같 은 배'를 타게 된 거야. 카약을 옮기며 둘 다 물에 빠져 옷과 신발이 젖었지만 계속 웃음이 났어. 그렇게 사이먼의 배로 인도지 호수를 돌며 사진을 찍었고, 노을의 여운이 다 사라진 후에야 숙소로 이동 했어.

사이먼이 나를 이렇게까지 도와주는 데 특별한 이유는 없었어. 이 유가 없다는 건 조건이 없다는 뜻이기도 해. 솔직히 나는 이런 상황 이 익숙지 않아. 주면 받고 싶고, 받으면 줘야 할 것 같거든. 그런 내 마음의 밑바닥엔 '내 것'이란 소유욕이 있다는 사실도 알아. 하지만 사이먼은 그렇지 않았어. 그가 물속으로 들어가 내 카약을 들어 올릴 때, 그가 살아온 방식이 내 방식과 전혀 다르다는 걸 알 수 있었어.

솔직히 나는 물속에 들어가고 싶지 않았거든. 그러나 여행 내내

품었던 생각, 즉 '나도 저런 삶을 살 수 있을까?'를 되풀이하는 게 우스워서 따라 들어간 거야. 비록 스마트폰이 물에 빠져버렸고, 보트를 타는 내내 추웠지만, 나는 행복했어. 사이먼의 큰 보트 위에 내 카약이 쏙 들어가 있는 모습이 '따뜻한 포옹'처럼 느껴졌거든. 그 모습을 보며, 나도 누군가에게 이런 큰 배가 될 수 있다면, 조건 없이 도움을 줄 수 있다면 더 행복해질 거란 확신이 들었어. 그래서 이것을 나의 '마지막 소원'으로 정했어. 누군가에게 도움이 되는 것.

나는 보트를 운전하는 사이먼에게 말했어.

"제주 뗀 바레."

이것은 내가 미얀마어 중 유일하게 현지인처럼 발음할 수 있는 말이자, 이곳에 와서 가장 많이 사용한 말이기도 해. 사이먼은 예쁘게 미소 지으며 "제주 뗀 바레"를 한국어로 알려달라고 했어. 내가 "고맙습니다"라고 말해 주자 그는 캄캄한 호수에 대고 아주 큰 목소리로 "고맙습니다"를 외쳤어. 완전히 이상한 발음이었지만, 이 낯선 나라에서 듣는 그 말은 참 따뜻했어.

사이먼은 그렇게 몇 번을 더 외치다가 이번엔 나에게도 따라 해보라고 했어. 사실 그가 소리 지를 때 나도 따라 하고 싶었거든. 그런데 처음에는 입이 떨어지지 않더라. 호수 위에 그와 나 둘뿐이니 눈치 볼 게 전혀 없는데도 말이야. 그는 취했고 나는 안 취한 탓도 있겠지만, 소리를 지르려 할 때마다 목소리가 내 안의 어떤 벽에 부딪히는 느낌이 들었어. 나는 어떤 사람이고, 다른 사람에게 어떻게 보여야 한다는 자의식이 캄캄한 호수 한복판에서도 발동한 거지.

오늘 이 벽을 깨진 못해도 월담이나마 해보자는 심정으로 작게 "고맙습니다"라고 입을 뗐어. 그렇게 말하고 나니 조금 전 사이먼의 목소리를 들었을 때처럼 마음이 따뜻해지더라. 그리고 "고맙습니다"라는 말이 내가 미얀마에 와서 품은 소원을 이루어지게 하는 주문 혹은 기도처럼 느껴졌어. 작은 소리로 몇 번을 더 뱉은 뒤 사이먼처럼 크게 외쳤어.

"고맙습니다!"

선착장에는 카약을 빌려준 보트 가게 주인이 나와 있었어. 조금만 더 늦었으면 경찰에 신고하려 했다며 화를 냈지만, 다행히 사이먼과 아는 사이라 좋게 넘어가주었어. 나는 사이먼의 집에 가서 차를 마셨어. 그는 술을 마셨고. 밤이 늦자 사이먼이 나를 숙소 앞까지 데려다줬고, 우리는 몇 번이나 포옹을 한 다음 헤어졌어. 내 몸엔 아직까지 그의 술 냄새와 온기가 남아 있어.

사이먼과 헤어진 뒤 마지막으로 호수를 한 번 더 보고 싶어서 나갔어. 이제 미얀마 여행은 끝이 났고, 이 아름다운 호수에 다시 오려면 적어도 몇 년은 걸리겠지. 하늘에는 별이 정말 많았고 신기할 정도로 가까이 보였어. 덕분에 별과 나의 거리가 멀지 않게 느껴졌어.

지도를 볼 때 제일 먼저 할 일은 현재 내 위치를 아는 거잖아. 현재 내 위치에 점을 찍는 일, 결국 내가 미얀마에 와서 한 일은 그게 아닐까 싶어.

지도를 볼 때 제일 먼저 할 일은 내 위치를 아는 거잖아.
현재 내 위치에 점을 찍는 일,
결국 미안마에 와서 한 일은 그게 아닐까 싶어.

시작은 한 통의 편지였다. 평소 블로그에서 영화 이야기를 주고받던 학생에게서 온 것이었다. 그 학생은 몇 년 전에도 편지를 보낸 적이 있었다. 영화과 면접 전날, 내가 블로그에 쓴 글을 읽고 용기를 얻었다는 내용이었다.

그 후 몇 년 동안 연락이 없다가 다시 편지를 보내왔다. 이제 영화과에 입학했다는 소식을 간략히 전한 후 첫사랑과 헤어진 이야기를 적었다. 편지에는 현재 자신이 느끼고 있는 슬픔과 후회, 미련과 아픔이 빼곡히 쓰여 있었다. 내가 이미 겪어본 감정이었기에 그 학생이 얼마나 힘든 시기를 보내고 있을지 느껴졌다.

당시 나는 미얀마에서 기록한 글과 사진을 '브런치'에 올리기 위해 정리 중이었다. 사진을 보정하는 일은 그런대로 수월했지만, 일기 형식의 글이 여행기와 어울리지 않아 보였다.

이런 고민을 하던 시기에 그 편지를 받았다. 그 학생은 편지로 마음속 가장 아픈 이야기를 털어놓았고, 나 역시 아픔에 공감하며 답장을 적어 보냈다. 그리고 나서 편지가 가진 일대일 소통 방식에 마음이 끌렸다. 편지글이라면 이야기를 풀어가기 편하겠다는 생각이 들었다. 바로 그날부터 여행에서 쓴 일기를 토대로, 〈미얀마에서 쓴 답장〉이란 여행기를 연재하기 시작했다.

원고를 쓰며 나의 이야기가 과연 누군가에게 읽힐 만한 글인지 고민이 많았다. 그때마다 내게 힘이 된 시구가 있다.

역사는 아무리
더러운 역사라도 좋다
진창은 아무리 더러운 진창이라도 좋다
나에게 놋주발보다도 더 쨍쨍 울리는 추억이
있는 한 인간은 영원하고 사랑도 그렇다
– 김수영, 〈거대한 뿌리〉 중에서

여행 루트

미얀마의 정식 명칭은 '미얀마연방공화국(Republic of the Union of Myanmar)'. 수도는 네피도. 버마연방, 미얀마연방을 거쳐 현재의 국호로 개칭했다. 행정구역은 각각 7개의 구(division)와 주(state)로 나뉜다. 이번 여행은 양곤 구와 만달레이 구, 그리고 샨 주와 카친 주를 거쳤다.

❶ 양곤 → ❷ 만달레이 → ❸ 띠보 → ❹ 낭쉐(인레 호수) →
❺ 바간 → ❻ 미치나 → ❼ 인도지(인도지 호수)

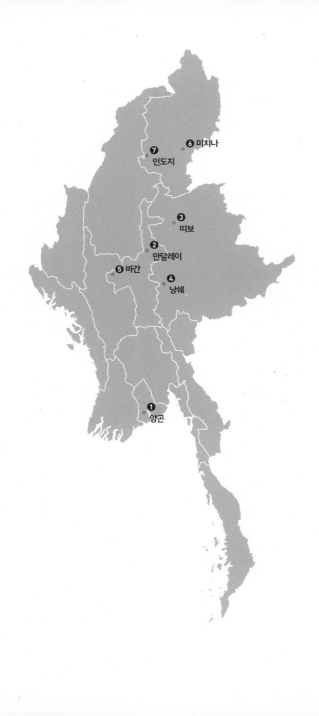

❼ 인도지

❻ 미치나

❸ 띠보

❷ 만달레이

❺ 바간

❹ 낭쉐

❶ 양곤